AQUARIUS

AQUARIUS

AQUARIUS

AQUARIUS

每個人心中都有一座島嶼，
藉文字呼息而靜謐，
Island，我們心靈的岸。

模範青年
阿乙

【推薦序】

鼓鐘將將，淮水湯湯

傅月庵（茉莉二手書店執行總監）

阿乙為何筆名阿乙？隨手揀取？因為排行老二？不知道。但，這名字總讓我想到地圖上離他故鄉似也不遠，曾侯乙墓出土的那一套編鐘。

阿乙出生於江西九江，吳頭楚尾之地。相對於中原，楚人以「野」出名。「野」是非理性的，直接的，坦然面對慾望，絕不矯揉造作，愛恨強烈。且因為野，自有一種荒謬與怪誕。子不語「怪力亂神」，在楚地，完全說不過去，那是充滿想像與浪漫之地，有著一股質樸的生猛凶狠。

即使是「楚尾」了，即使阿乙的故鄉，於他像是一個牢籠，使盡氣力方才背棄了過去，且幾乎不想回顧。「我沒有鄉愁。」他斬釘截鐵地說。但，故鄉畢竟是故鄉，風土早已浸透身軀，化為他的血肉筋骨一部分。讀阿乙的小說，你總會感受到某種未經馴化的野性；無法控制，直面人間殘酷，人性黑暗的那種：光天化日，陽光燦爛，金黃稻草堆旁，小兒笑語朗朗，突然「喀嚓」一聲，好好一個小孩頭顱竟遭齊頸鍘落！原因？不明，或僅因攔不住那衝堤潰決、動心起念的「好玩」兩字。

這是「楚尾」的阿乙。人們總以為他的意念根源，來自卡繆、卡夫卡的歐洲啟發，馬奎斯與拉美給了的養分。但實實在在他這文學體質，不停往前追溯，當要撞上楚地出土那些造型猙獰，嗜血愛殺的鎮墓怪獸。有這樣特異的體質，方始承接得了那些沉重異物。要不，埋首「雙卡一馬」者何止千千萬，卻難得一人開花結果。為什麼?!

作家破土而出，秀異可見。有形無形的因緣湊合，時間是個要素。阿乙生於一九七六，文化大革命結束的那一年。三年後，改革開放伊始，「讓一部分人先富起來！」那是喊著給人聽的策略想定，讓人期待卻不一定人人都摘得到的止渴果實。可因緣而生，不知不覺竟一天天解放了的，卻是桎梏的普遍鬆動：人不再被緊緊地綁架在土地上、廠房裡，一個蘿蔔一個坑。相反的，流動成了一種可能，只要你敢，路就在前方！

於是，本已被家父長編派成為一個小鎮警察的少年阿乙，在二十六歲的那一年逃了。逃出故鄉小鎮，在這個那個「啥咪好康ㄟ攏在那」的大城市流浪，鄭州上海廣州北京，漂過來泊過去，成了一個隨處作主的編輯了。「年輕時的流浪是一輩子的養分」，「雲門舞集」創辦人林懷民的話，用在阿乙身上，再合適不過了。阿乙此種際遇，早個二、三十年，形勢比人強，想也沒用，或者真就一輩子埋沒在那小鎮，寫先進事蹟寫偵破通訊寫領導講話稿，當科員當副主任當主任當調研員一生到底了。

鬆綁的不僅是人身的移動，從某個角度來說，媒體也被網路銷融，神州遭夷平了。當警察阿乙用著兄長相贈的電腦上網之時，他的文字修行便已開始。相對於僅能不斷在投稿／退稿／再投稿／再退稿輪迴裡孤獨地磨練自已的上一代有志文青，阿乙從網路「即時鼓舞、互動討論、無限資料」特質裡，所汲取到的文學養分與寫作能量，或恐是連他自己也無法想像，甚而忽略了的。

虛擬空間容易撩撥、勾引人的慾望，讓人不自覺地顯露了另一面的自己。阿乙的文學起步，始自網路，殆無疑問。網路乃狂野之地，所需要的，會說故事更甚於講究文字。阿乙的職業，日後的漂泊，其見聞傳奇，在在都讓他如魚得水地適應了這一新的傳播工具。事實上，早在二〇〇八年三十二歲的阿乙出版第一本小說集時，他就已經是個寫作者。在「野」而非在「朝」，「為喜歡而寫」而非「為成名而寫」的那種。這一特質，直到今天，還是阿乙的重要風格。「寫作不是為誰服務，也不是反對他們」、「不要求別人，也希望別人少要求自己，這是我們唯一相處的方式」、「有種你做好自己」，他一直這樣強調。

然而，若僅是這樣，阿乙大約也就如同新世紀以來，一個又一個從網路叢林中竄出，剽悍凶猛的暢銷作家差不了多少。阿乙與這些新世代作家最大的不同，或在於「自覺」二字，他的自我感覺始終未臻良好，老是「有罪推定」自己，總覺得自己不行，寫了刪，刪了寫；再寫再刪，又刪又寫，因為「語言上唯一的追求就是精準」，做為一名天生的、掌聲不斷的說故事人，而能察覺到「會說故事不等於能寫好文字」，光這一點敏銳，他便為自己劃下一道線：我有一道線，我得在線之上。這，不容易！

甚至，在如顛簸行路、搖搖點點讀完這本小說集，眼睛一亮之時，卻也不免心頭一緊：「未來大家TOP20」、「最具潛力新人」、「二十位四十歲以下最受期待的華文小說家」。虛名誤人，網路時代商業文明，總是要來消費人捧殺你的。他，能衝決網羅，突圍而出嗎？「不，我不能說自己是作家，我只是個寫作者。」「我寫長篇很難，因為寫長篇要原諒自己犯錯，我基本上不太原諒，導致越寫越短。我沒辦法讓二三十萬字每一句話都合理。」一寸短一寸險，一寸長一寸強。因了這些話，我們乃敢相信，阿乙雖險而知短，當還是會長、將更強的。

鼓鐘將將，淮水湯湯。寫起了阿乙，想到了曾侯乙墓那一套編鐘。

【推薦】

阿乙是近年來最優秀的漢語小說家之一。他對寫作有著對生命同樣的忠誠和熱情，就這一點而言，大多數成名作家應該感到臉紅。

——北島

阿乙來自陰濕、沉悶的南方小城，這一點並非偶然。他的殘酷和絕望，承續著現代文學以來不絕如縷的深黑的南方傳統。由此我們會想到魯迅、余華，但阿乙有時可能走得更遠：假設有最後的審判，那麼，在阿乙這裡，審判者並不存在，只有深不可測的深淵中的笑和抽泣。

——李敬澤

我曾在數萬呎高空的飛機艙內讀阿乙的小說，我曾在遙遠異城的旅館讀阿乙的小說，我在那些陌生胡同的破咖啡屋裡讀阿乙的小說。他太怪了，他應該是馬奎斯、略薩、富恩特斯．卡洛斯這些天才浪蕩瘋狂年輕時期的小說家哥兒們，他的暴力如此古典繁密、暗影幢幢，他的故事一展開，便充滿大麻讓人迷醉的氣息，似乎一座頹廢憂鬱的偏僻小城用噩夢包圍住你。但他的人物孤獨，瘋狂的如此晶瑩、未來感，在我們的閱讀經驗如此奇特陌生。我曾在一群非常會說故事的哥兒們間聽阿乙說故事，他的小說音域立刻甩掉眾聲喧譁，像高音提琴獨自拔高飛翔，他是個會激起我想召喚腔體內的小說魔鬼，與之在酒館飆故事ＰＫ對奏人們靈魂的顫抖舞步，展開一千零一夜的小說家。

——駱以軍

目錄

模範青年

模範青年

一

我第一次見到周琪源是在警校外的餐館。在青雲譜這條窄街，開著幾十家商店、理髮店、餐廳、遊樂場、錄像廳❶、撞球廳以及卡拉OK廳，黃昏時，老闆們走出來，親切地看著穿草綠色制服、到處遊蕩的我們，彷彿彼此相識已久。這是讓人生疑的地方，我們的父親毫無疑問表示出憂慮，可他們剛一轉身離去，我們便拿著他們給的錢包闊綽地消費。

每個月父親會匯來四百元，這在當時相當於一個普通公務員的工資，我有辦法解釋都用到哪裡去了。我曾報名本科自考❷和駕照考試，要來幾千元，但在招生組收錢時，我說：「我想清楚了，還是不報了。」有天，父親來南昌進貨，順道來警校，在寢室沒找到我，便按室友指點來到遊樂場。「你拿我的錢都幹了些什麼？」他咆哮道。我面紅耳赤，無地自容。來往的同學停下來，看一位穿著大披風的父親訓斥他那已長大成人的兒子。這大披風深藍色，薄而經磨，一直蓋住膝蓋，搬運工在搬運化肥時喜歡穿，肩膀處往往留有白漬。我想說：「玩怎麼了？玩也是做警察，不玩也是，幾年後給你做一個警察就是了。」但最終一聲不吭。

學習毫無意義。開學第一堂課老師便說，拿出你們高考❸時百分之七十的精力就可以了。我們問學長，他們說最多只要百分之五十。最終我們有的考試是開卷考的，老師會提前告訴哪裡要考，讓我們留意。

因此，當循規蹈矩的周琪源走進那間地下室在放錄影帶的餐廳時，我們感到詫異。

❶一九八〇—二〇〇〇年間，中國大陸風行的一種放映室，用一台錄像機通過電視機播放錄影帶，多半是香港或台灣的功夫片、黑幫片、警匪片。比如周潤發的《英雄本色》。後來技術有所發展，改為雷射投影，即在牆上放一塊白布，用雷射機將影片內容投射到白布上。放映室向前來觀看的人收取門票，一天要放七、八部影片。目前中國大陸已經沒有這種放映室。

❷本科自考是中國大陸基本高等教育制度之一，成績合格後由主考學院和高等教育自學考試委員會聯合頒發大學畢業證書，國家承認學歷，符合條件者由主考大學授予學士學位。

❸類似於台灣的聯考。

我們敞開外衣，解下領帶，將一隻腳踩在凳上，鬆鬆垮垮，而他儀容整齊，還在用一根絳紅色的大腰帶紮緊腰身。他坐下時，雙腿併攏，上身筆挺。這是聽話的好孩子，也許睡覺時也是筆挺的。「對不起，來晚了。」他說，牙齒像醫生一樣潔白、齊整。就是這口音讓我們明白以後彼此可能的關係——他說普通話，而我們這些來自瑞昌市的老鄉則習慣用江淮官話和贛語。這兩種方言在不停的融合中變得越來越靠近，最終變成內心相視一笑的東西，我們用它說瑞昌市公安局的可笑事情。他的到來使交談成本增加，我們覺得身邊坐著一隻讓人不安的貓。

他來自江州造船廠（又名六二一四廠）。在我們那個縣級市，這樣的三線廠還有新民廠、人民廠、四五九廠，像是上帝投放來的幾座孤島。他們上學、買菜、看病、做愛、造冰棒都在圍牆之內，過著北京上海的生活，讓我們覺得是天潢貴胄。有時我們也會為他們被釘死在此地而幸災樂禍。

我們像是被迫被劃到一個科目的兩種動物，根本不能算是老鄉。

他的長相也會輕微灼傷我們。我們會從他細嫩的皮膚、倒三角的肩背想到我們很少涉及的牛肉和牛奶。他有一管高挺的鼻子，燈光在鼻尖和唇角一塊製造出美術般神祕的陰影，使他看起來像古希臘雕塑。他既不抽菸，也不喝酒，無論怎麼撩撥，都保持一種不會得罪人的微笑。我們決定以後再不找他了。

現在想起來，警校三年，周琪源就像霧中的影子，或者一個剛結束的夢，存在過，卻想不起來。很多孤獨、喜歡自我消化的人都這樣。他們是寫作者的難題。

二

學校有兩位來自江州造船廠的教師，一個教軍事體育，一個教普通體育，因為有打分權，我們喜歡走動，有時還會買些菜去教師宿舍做飯，就像是真的老鄉。我從來沒在那裡見著周琪源，也許他們更親近點，不需走動。散打考試時，我對著抽籤過來對打的人使眼色，我想只需點到為止彼此便可通過，他點頭同意，卻將我打趴，還像個真正的拳手那樣斜著瞳仁看我。同樣文弱的周琪源在台上趺趺撞撞，努力執行教師教的技術動作，得到足夠有效的分數。他沒有向考官投去可憐兮兮的目光。

有時，當夕陽消失於遠處樹梢，透過寢室外的欄杆，我能看到周琪源走在通往食堂的過道上。他像修士低著頭，提著開水瓶，以一種急促的節奏走過去。他的表情像石尖一樣堅硬，腦子沉浸進一種思考。對面的人會為他讓路。他符合我對求知者的想像，有一天也許會將糌粑蘸著墨汁吃掉，或者撞到樹上。對他來說，走路、吃飯、打開水、如廁都是不得不應付的事情。要是在中學，我會嫉恨這種人，他們總讓別人不好活。

因為想找可能的愛情，我會去一下圖書館。在那裡，周琪源爭分奪秒地抄寫筆記，面前擺著一堆專業雜誌和參考書——就像貪婪的孩子在面前壘上最多的食物。他是他們中隊的學習委員，混到這裡幫忙，可以將書盡量多地帶走。

每逢假期，我們都會感到興奮。我們迫切想測試制服帶來的威力，跑到高速公路攔車，並惡狠狠地搭乘它們回家。有人因此被撞死，或者因攔到省領導的車被開除，但這並不能阻止我們。有一次我們老鄉集體上了一輛卡車，風吹拂髮絲，我們像坐著衝鋒舟在河流裡自由穿梭。每當路過一輛車，我都會伸出右手食指，假裝它是一根槍管，對著司機瞄準。一位學長打掉它，「萬一對方當真了怎麼辦？」我覺得在理。後來我們看到一輛中巴車裡有周琪源。這些中巴車車頂用粗繩綁著一米寬高的貨物，塞滿各種受生存之苦的人，老驥伏櫪，老馬識途，行駛極其緩慢。周琪源單手展書，念念有詞。我想那些乘客會感到不安。

他有些辱沒這身制服。

學長說，在九江市，只要你穿制服上公車，就會有人讓座，你買票，售票員會微笑拒絕。我們或許應該教給周琪源點什麼。但一想到他遲早會走上不同的道路，便懶得兜售這些粗鄙的經驗。在學校有一位老師，總是喜歡展示自己原本可當一名武夫的魁梧身材，告訴我們如何通過自我克制成為一名文化精英。

「在這所學校裡，每個人都存在兩種可能性。」他說。一種是平平淡淡地混過三年，畢業後成為三級警司，到一定年限晉升為二級警司，三十歲左右變成一級警司，最後混到局長的（那意味著整個生涯差不多結束），會是一級警督或者二級警督。「現在你們看看我這裡，這是另一種，」我們看著這個年輕教師肩上的警銜，「沒有人說你是專科生你就是專科生，我就是通過自學有了本科和碩士文憑。你們即使不同意知識對自身的好處，也應該看看知識所帶來的工資和職務上的收益。知識它遲早會散發出它的力量的。」

許多人信誓旦旦，試圖走後一條道路，不久便萬蟻噬身，半途而廢。我們其實每天都盼望放假，好早早去派出所實習，領一把手銬，逮人。

因為一次凶狠的吵架，我猜測周琪源想留校。在一次室外訓練課上，教師騎著黃綠色三輪摩托車繞著跑道示範，那些已在實習時玩過摩托車的人指指點點，言辭頗不恭。「你們說誰呢？」周琪源忽然說。大家面面相覷，看著原本脾氣很好的他眼露凶光。因為不能習慣這過於認真的表情，同學們和他推推搡搡，差點幹起來。這事使周琪源更加孤僻。摩托車老師是他的親叔叔——明白這層關係後，我們覺得他留校應該沒什麼問題。

三

忽然一天，我們畢業了。在忙亂中，一位熟人問我願不願去醫學院保衛科，我搖頭，那是編制內，不能穿警服。幾天之後便後悔不迭，此時學校已空如廢寺，滿道的黃葉無人打掃，青雲譜街的店鋪也已關門，偶爾只有一輛公車疾馳而去。穿白背心的門衛帶著他的癡呆兒子將鐵門推上，我再也回不去。

我坐著豪華大巴通過南昌八一大橋，看到高聳的雙塔像一扇放逐的門；下午換乘破舊中巴離開九江市西二路時，大道兩邊矗立的兩棟大樓也像一扇門。我回到潮濕、矮小、灰暗的縣城瑞昌，在城市被切割、遮蔽的陽光照在這裡綽綽有餘。九月，公安局分配畢業生，我接通知去洪一派出所。我一直不知瑞昌還有洪一這地方，父親說：「很大，人口很多。」

我在局大院一堆小巧的富奇吉普裡找到那輛龐大的儀徵產的吉普車。司機臉上長著紅色胎記，正咬著腮幫用起子旋車門螺絲，爾後不停關它，試圖關死。當天我們朝縣城西邊出發，每經過一段油菜花地來到一座小鎮，我都以為到了，司機卻只是加水。後來它翻上一座海拔千米的大山，汽車力不夠時，我跳下去尋找岩石，將後胎頂死。

一共用了兩個半小時，我們抵達洪一。相當於從省城到縣城。它沒有一寸柏油路，因為下雨被車輾過，地面隆起一道道刀子般的土槽。鄉政府所在地只有兩排不足五十米長的矮屋、一家由農業戶口經手的郵政代辦所、一個由汽油桶充當的加油點（每當有人加油，老闆便將膠管插進油桶，將汽油吮吸出來，接進油箱）、一家理髮店、一張球檯布嚴重缺損的撞球桌以及一間由民居改建的餐館。據說派出所初創時就在餐館二樓辦公，現在用的是信用社老房，過去辦貸款的地方變成戶政窗口，銀白色的欄杆有時銬一兩個低著頭的人。

省—市—縣—鎮—鄉—村

晚上九點土街漆黑一團，我躺在床上靜聽河流嘩響，會想到這樣的結局。不可能有比村更往下的地方，世界盡頭。我在這裡談了兩段戀愛，說起來可能只是為了找點事做。其中一次愛上的只是一件來自北京的風衣，她不穿它，她便不再神聖。

一天下午，我獨自走向一座山峰。在山頂，我看見遠處綿延的還是山，窪地裡生長著和這邊一樣的房子，一些農民拉著牛從路上沉默地回。時光暗沉，黑夜像兩隻巨臂將要箍向我，我啊，就要和溫柔的姑娘在這裡生兒育女，生活一輩子了。我因此淚流滿面，賭氣式地發誓，現在就出發，去鎮，去縣。彷彿不過癮，還要去市，去省城，去沿海，去直轄市，去首都，去紐約。在紐約，高架橋車來車往，街道清澈得可以照見人像，飛機的影子像魚兒游過夕陽照射之下的摩天大樓玻璃牆。

此時，周琪源一定待在省城警校，晚上定點睡覺，早上準時醒，精神振作地走向放著各類文件夾的辦公室，完成各項指派的任務，閒暇時蹺二郎腿，喝好茶，看報。他和所有同事說普通話，就是點頭也有這種話才有的生分與莊重——他們在沒日沒夜地說普通話，而我在沒日沒夜地喝酒。我和那些在洪一的縣城人組成默契的群體，每到傍晚，不用招呼，走向那沒有招牌的餐館。老闆早準備好菜肴，他知道我們喜歡吃什麼。

「我要去紐約。」我說。隨即出現放浪形骸的笑聲。是我在笑，他們跟著笑，最後笑聲遙遠，像是久遠的事。我們低頭，堅韌地喝著當地釀造的穀酒。這種酒後勁大，我們回去，即使躺下睡著，也會被一種欲望催動，找到月光下的菜地，將食指探進咽喉，不停嘔吐。我們吃下的全都醜陋，散發著農藥那樣的腥氣。

你們終究會看到自己的遭遇。在警校時，那位老師說。他像上帝掌握太多成敗的數據，並依此宣講真理。現在我們這些糟糕的畢業生再次成為他的證據之一。

四

在洪一待了一年半後，我對愛情表現出不耐煩。而她向一個人告解，後者說：「男人最看重的是面子，你應該讓他吃吃醋。」有幾天工夫，土街上出現一輛太子摩托車，電子打火，無級變速，一個皮膚白淨的年輕人騎著它在派出所門口來回奔馳。我坐在門口陰沉地看《參考消息》。女人緊抱著他的腰，頭依偎著他背部，看不出來有多幸福，也看不出只是演戲。沒幾天，我便搭乘儀徵產的吉普車回了縣城。

我再沒回到洪一。她費勁地解釋：「那真的只是我的表弟。」甚至哭起來，我咕噥著一堆自己也聽不懂的話，等著掛電話。後來我愛上縣城某領導的女兒，我愛上的不是明亮的眼睛或者性感的嘴唇（她沒有），而是她臉上長滿我的前途。人們說：「脾氣不好你忍著，等結婚後，就聽你了。」他們真是過慮。導致這事黃掉的是一場牌局。在那個由她組織的局裡，四個追求者（包括我）每張牌都打得鉤心鬥角。我忍受不下這個。這事讓一家人反覆嗟歎，直到在外地的哥哥回來，說：「假如有一天你去了九江市，她算得了什麼？」

「問題是他怎麼去九江？」姊姊反駁道。

公安局大院在明理巷盡頭，有一個圓形操場，靠南是棟三層老樓，一科、二科、三科、戶政等科室盤據於此，靠西是棟三層新樓，行政、財務、紀檢等在此辦公。指揮室（也就是局辦）在西樓一層，一共有三間辦公室，我被安排進最小一間。它只有幾平方米，即使白天也開日光燈。窗外有一堵圍牆以及一塊黏著垃圾的空地，門外則是陰暗的走廊。房中間擺著兩張老辦公桌，地上泛著拖把拖過的腥氣。

一個人已坐在那裡，背靠門，面朝窗（後來我想這個位置的好處是不必總是抬頭看走廊上走動的人），低頭看紅色帳本，上邊用藍黑墨水抄寫著密密麻麻的英語單詞。他在背誦它們。「琪源，你怎麼也在這裡？」我詫異地說。他笑嘻嘻地，眼睛瞇著，跟我一樣親熱，「可能他們覺得我文筆還可以。」

「我還以為你留校了。」

「沒有沒有。」

他略微有些愧疚，但並不哀傷。然後他從一捲衛生紙扯下一段，擦拭鼻孔，就像擦拭一件金貴的機器零件。他擦得那麼細緻、認真，愛惜鼻子啊。後來每天我都會在紙簍看見一堆像花骨朵的紙團。

一九九七年他就和我們一起分回瑞昌，只不過因為一些事分得晚些，去的是黃金鄉。那地方就像它的名字，充滿礦產資源，時常引發江西、湖北兩省群眾糾紛。現在我們都調進局裡，並一起待了兩年多。我們寫通知、簡報、信息、通訊、報導、先進事蹟、領導講話以及年終總結，寫、寫、寫，有時被領導畫個大叉，有時還得去會議室倒開水。每天下班，我都像被刮過一遍，遍體鱗傷，躺在沙發上發呆。

「今天如何？」父親會問，我取出縣報，指出發表位置。他戴上眼鏡，走到燈泡下，一行行往下讀，然後面無表情地遞還過來。他不會給哪怕一丁點誇讚。他只喜歡命令我。有一天他說：「出去轉下喏。」我知道這意味著什麼，便說自己下鄉時看見路邊一個姑娘長得好看。我是隨口說的，並不奢望這沉默的際遇會帶來什麼，幾天後卻被叫到一個神祕的遠親家。她已坐在那裡，穿著她單位的制服，個子高而勻稱，臉色紅撲撲，頭髮茂密烏黑，紮著馬尾辮。我們從此算是戀愛了。

一天，家裡闖進一群砌匠，將三樓全面占領了。

「要刷什麼漆？」母親急匆匆地請示我。

「你想刷成什麼樣就刷成什麼樣。」

「這種事怎麼能隨便呢？」

「那就刷成白色的。」

他們用最好的白漆將白牆再刷一遍，裝上華貴的窗簾，買來席夢思。我是真喜歡她，甚至是惡狠狠的喜歡，就像喜歡是一種寄託。沒完沒了地喜歡一個人就像沒完沒了地喝酒。

在赤烏中路一家銀行分行門口（那裡後來出現縣城第一台ＡＴＭ機），每至黃昏，便會擺出許多夜宵攤，賣炒粉、螺螄、小菜。我在縣城結識下一幫棄民，抽菸，喝酒，醉伏於桌沿，有一天一個朋友猛然尖叫，我們湊過去，看到他女友的手在他褲襠裡，他射了。我們時常口齒不清地談論著北京、上海，彼此打氣，因此到現在我還記得這樣一些警句：1.長風破浪會有時，直掛雲帆濟滄海。2.有志者事竟成，破釜沉舟，百二秦關終屬楚；苦心人天不負，臥薪嘗膽，三千越甲可吞吳。3.當我們對一件事表現得猶豫不決時，不妨問自己一個永恆的問題：我還可以活多久呢？

有時我也講我哥。我哥在縣城礦產局上班，忽然失蹤，半年後才從杭州打電話來，說已是一名ＩＴ男了。「此前呢？他一直在撿垃圾。」我添油加醋地說。他們低下頭，嘖嘖有聲。這樣的英雄很難做。我們只有大專文憑，不怎麼會外語、電腦和駕駛，而

了。」但我還是氣短。這是盛傳的二十一世紀三大通行證。我哥曾說：「等你什麼都學會了再出去，就老

我沒有說我兩次出門的事。一次是天津（北方乾燥的空氣使我出了很多鼻血），一次是南昌。樓有入雲高，人們戴眼鏡，我像老鼠沿街邊走，不敢按電梯按鈕。其中一次面試，對方排出十幾人陣勢，輪番鄙夷地看我的簡歷。在回家路上，中巴車發出鬆垮的聲音，朝著夕陽爬行，大城市在背後越來越遠，我不屬於它。而父親總是站在家門口看我歸來，幾乎是控制不住地笑。他的眼神既慈悲又嘲諷。

我緊抱著女人，而她像個木魚。也許只是她媽媽認為我有個體面工作，家庭條件不錯，她才跟了我。有時飯局上他們會講到對她不利的消息，比如call機可能是別人送的，我不在乎。直到弟弟鄭重地說：「哥，有件事不知道該不該說？」

「你說。」

「你女人跟一個男人游泳去了。」

「游泳不算什麼。」

沒多久我卻憤怒地對她吼：「分手。」

「好，是你說要分的，不是我。」

我愣在那裡，許久才知回擊：「那好，把我送你的八百元還過來。」此後這筆錢通過郵局匯來匯去，就像誰都不要的髒東西。有一天我在電話裡說：「別再匯了，這樣下去光手續費都上百塊了。我只為跟你說最後一句，以後就是你找我，我也不要你了。」

那時我眼淚儲得太多，快管不住。但是我看到偷聽電話的媽媽。她眼裡閃著欣喜的光，一定是覺得我順利走出噩夢了。「天下女人多的是。」她說。

「是啊，多的是。」

作為完敗的人，我常去人工湖西岸獨坐。湖面墨黑，深邃，一顆細石丟下，漣漪慢慢擴大，來往走過的人有時光憑腳步聲就知道是誰。都認識——沒一個不認識——沒有概率——也沒有奇蹟——死氣沉沉。我慢慢出點眼淚。不一會，湖面起波，整個地皮像被什麼耕了起來，隆隆作響。一列火車聲勢浩大地開過對岸，通紅的車窗倒映在水中時，輝煌得像隻巨大的紅泥鰍。然後它就沒了，遠處剩下一動不動的青黑色山脈。

我合該在麻將桌上老死。有時，我們組成的麻將局是這樣的：

退居二線的老同志（北）

主任（西） ………………………………… 科員（東）

副主任（南）

總因為某人手氣不好，大家按順時針方向換位。這樣，二十多歲的科員變成三十多歲的副主任，三十多歲的副主任變成四十多歲的主任，四十多歲的主任退居二線，變成五十多歲的老同志。牙齒變黃，皮肉鬆弛，頭頂禿掉，一生走盡，從種子到墳墓。

我變得善於嘲笑自己和他人。在契訶夫的話劇《三姊妹》中，嚮往莫斯科的瑪霞說：在這個城裡學會三種語言是一種不必要的奢侈。甚至還不能算是奢侈，而是一種不必要的累贅，好比第六個手指頭一樣。我也會奪過周琪源手中的《英語輔導報》，說：「難道我們這裡會出現外國犯罪嫌疑人？」

他嘿嘿直笑。「有什麼用？」我承認我有攻擊性。這句總是由我父親判定我的話，被反覆用在周琪源身上，「有什麼用？告訴我有什麼用？難道有一天我們要用英語寫資料？」

「個人愛好而已。」

他努力笑著。真是好脾氣。高考前一個混混曾扯著我的衣服說：「考大學有個屁用。」當時我又氣又急，恨不能踢死他。但現在我喝多了，我對著周琪源說：「你說你是不是傻？」

「是啊，我傻。」他說。

我愣在那裡，被一種語言的魔力統治。我忽而想，自出生以來有很多事我本可以不去做的，只因不知道用這個方式回答。

「琪源你不傻，只是不值得。」

「是傻。」

下班時，他詭黠說：「不要說我在學英語。」

「好。」我回答得乾脆利落，卻是早將它講出去。在一些人那裡，我看見一種微微上斜的眼神，那是一種深刻的嘲諷。他們見過太多類似的悲劇，「總有一些怪人。」

應該說是我們這些本地人將說普通話的周琪源孤立起來，也可以說是他將我們孤立起來。總之他像一個遊魂在大院飄遊了很久。如不是要到小吃店吃四元一頓的快餐，他甚至可以不出大院。後來巡警大隊在大院建起來，他改去人隊食堂吃（只消兩元一頓，一葷兩素），果真就不怎麼出院子了。下班後，他總待在南樓二樓一間凸出的雜物房內。大概七、八個平方米，過去是打字室，冬冷夏涼。他弄了一張床，一只檯燈和兩只木箱。他將木箱疊起來當書桌，對著牆上的計劃表（想起來上中學時，我每個學期也會列這樣一個表），研習英語、論文以及考研究生的資料。旁邊是一只因為洗衣粉泡久冒出死老鼠氣味的洗衣盆。

起先，總會有同齡人找他聚餐。他一兩週會出來一趟。後來去的人便少了。有一次我說：「這一次你非得去，師兄回來了。」他臉皺起來。「去吧，去吧，」我強扯著他，「不去不合適。」

「我有事。」

「什麼事？」

「資料沒寫完，明天就要交九江市局了。」

「真的啊？」

「真的。」

「真什麼啊？」我拖起他就走，「人家還專門念叨你呢。」他似乎也懊悔這個謊編得差勁，失魂落魄地跟著走，我感覺拉著的是一件沒有知覺的物體，我在用力拖著他走。停過的雨又下起來，我們站在馬路邊等。

「你看也攔不到車。」他說。

「再等等吧。」

過了會，我們走到一間超市屋簷下。他眉頭緊皺，臉相扭曲，焦灼得像正在熱戀，肉身卻要被解送至西伯利亞。而我則沉浸在對完成一件罕見任務的期待中，我已成功一半，甚至可說成功一大半了。一輛小型客車劈波斬浪而來，急煞車。我拉開車門鑽進去，坐在裡頭等待。風雨颳進來。他像駒子跑進雨霧深處。「琪源，琪源。」我徒勞地喊，接著咬牙切齒地罵娘。

在我所見之內，他沒有喝一次酒、抽一次菸、泡一次妞、開一次車、打一次牌、唱一次歌（連哼一句也不會）。他跟我們管作「生趣」或者「男人娛樂」的東西絕緣，甚至連制服以外的衣服也不穿。他躲在灰暗的雜物房偷偷經營自己，就像是要發明飛機大炮，或者在那裡修一條通往智慧之巔的隧道。

有段時間，他臉色憔悴，瘦得明顯，本不茂盛的頭髮顯得凌亂，平時挺括的衣服也有了褶皺，而嘴角要麼掛著牙膏殘漬，要麼飄出一些不好聞的氣味。他坐在我對面，就像我不存在。一會兒將稿紙揉成團扔進紙簍，一會兒手撐在腮邊沉思（食指和中指間夾著一支筆），一會兒嘔出一股氣，一會兒張開手指讓它們像耙子耙著頭皮——他們這些該死的思想者總是這樣。有時一整天寫不出一個字，有時能寫十幾頁，看得出來那樣寫時，他就像衝浪選手在輕盈的浪潮間跳躍，或者像縱火犯，就是將自己燒進去也在所不惜。最後，他用額頭敲著桌沿。

「怎麼了，琪源？」

「走題了，他媽的寫走題了。」他說。說實在的我有點怕。還好總有風平浪靜的一天。他恢復原來狀態，一身整潔、步履穩重地來上班，說話、做事甚至打盹都顯得有條不紊，就像一台控制良好的機器。有天他扔下一個黃紙包裹（上邊印有「印刷品」三個紅字），甚至有心情去隔壁辦公室煲一個電話粥。

我撕開包裹邊沿，從那十幾本一模一樣的雜誌裡抽出一本。《預審探索》。創刊於一九八七年，審訊領域唯一的理論刊物，處於警校圖書館的醒目位置，老師談論、引用和試圖攻占的對象。現在，一個縣級公安機關的小職員在上邊發表了署名論文。相比之下，我在《瑞昌報》和《九江日報》發表的零星偵破通訊算什麼？一個盜牛團夥覆滅了？一件騙保案還在進一步審理之中？我不得不接受一個事實：在我們當中出了一個罕見的人物。但這是我不想告訴別人的事情之一。我寧願相信，第二天，瑞昌這個縣級市，路面仍然跑著車輛，街邊仍然擺著攤點，好色之徒仍要扒灰，天亮又天黑，沒人會在乎一篇讓遠方學刊編輯部興奮的文章。雖然從某種意義上說，我是他的一個隱祕朋友，沒人比我更理解他。

五

他發表的論文越多，周圍便越來越沉默。說起來他終歸是無關的人，未來走了也就走了，沒走也形同走了。我被借調去瑞昌市委組織部，有次，見多識廣的司機說：「你四十歲時或許能混到副處級。」我掐指一算，感覺人生寡淡，不過如此。

夏日的某天，我陷入一種興奮與惶恐交織的情緒，抱著一肚子話，走向公安局指揮室。原來的位置坐了一位更年輕的人，他打菸，說你是艾哥吧，我說是。然後他坐下繼續寫資料。離開大院時，我才看到周琪源。他的頭髮又亂了，臉色蒼白，一腳踩踏板，一腳踮在地上，正準備去郵局。是輛生鏽的賽車，後座夾著一份《人民公安報》。

「你在上邊發表了？」

「是啊。」

「為什麼還夾著它？」

「我想小偷看到時，知道是警察的自行車，不敢偷了。」

「是嗎？」

「是啊。」

然後他無聲地騎走了，我眼前只剩一片空無而光明的水泥地。整個瑞昌市，幾十萬的人口，沒一人可與我分享當下。我可能要永遠告別此地，也可能永遠地成為一個笑話。幾天前，我在網上看到招聘啟事，將簡歷和幾篇文章發過去——從來便沒什麼希望，偶爾的回音是：「你過來，讓我們看一下。」而這次，有一個粗暴的聲音通過電話命令我：

「過來！馬上上班。」

我從未想到機會會這樣降臨，我剛在報上讀到「小心招聘陷阱」的文章，而且對傳說中的河南人也不信任。一個警察被騙了，會是一件怎樣丟人的事？

父親說：「明明騙你的，你還去幹什麼？」

「騙我什麼？將我拐賣了？」

「也不是沒可能，你對這個社會根本不瞭解。」姊姊說。父親接下來說：「我倒不怕別的，就怕你丟掉在公安局的工作。你在那邊沒上到班也就罷了，要是這邊工作也丟了，多可惜。」

「我就想去看看。」

「有什麼好看的，來回不知道糟蹋多少錢。」

就是這話讓我生了非去不可的心。我喝一大口白酒，沉默地離家。父親坐著，身軀顫抖，眼冒怒火，母親則深情款款、充滿憐惜又欲言又止地看著我。在一樓門口，奶奶抱著被子坐在地上。「不能出去啊，你要出去就帶我一起走。」她說。

我仰著頭，讓她用糊滿涕淚的手捉住我的腳。眼看她就要依偎著我的腳睡著，我拔出走了。身後傳來一陣撕心裂肺的嚎哭聲。我轉過身，跺著腳，像對一條狗那樣喊道：「別哭啦，別哭啦，我又不是不回來。」而她仰起下巴，像拉小提琴那樣拉著自己的腦袋哭。我看到她盤根錯節的手指在徒勞地捏著棉被，一會兒又瘋狂撲打起來，「我要死了，就要死了。」我趕緊跳進小型客車，一溜煙去了火車站。

次日上午我抵達鄭州，面對鱗次櫛比的高樓展開雙臂，低喊道：「啊！」這是一個儀式，我來了。心裡卻虛弱，在走向隴海西路時感到腿發飄。

我在鄭州晚報大樓門前等了五個小時。它裝著茶色玻璃，有二十層高，像冷漠的雕像或上帝，審判著下邊渺微的我。我提著難看的包，在金屬滾動門外焦灼地遊蕩，不時偷眼看穿著淡灰制服的保安——他也不時看一眼我。我盡量表現得像是在等一個熟人。每當有人走來，我便滿懷期待地迎上（又不敢表露出期待的表情）。他們斜眼打量，毫無表情地走進去，我極其失落。中午媽媽打電話來，問：「怎樣了？」

「還在等，快了。」

「家裡在吃飯。不好就快回來。」

她這樣說，我心裡便起了深重的悲哀。一直到下午三點，我才敢撥通招聘人電話，他像不記得這事，嗯啊很久，才說：「你等著，等我刷完牙過去。」夕陽將盡時，他拖著拖鞋走來，說：「你是艾國柱吧？」

「是。」

我的體力頃刻耗盡。不過當他將手搭在我肩膀，帶我走進大樓時，我又陷入一種巨大的溫暖和由這溫暖帶來的羞澀中。他將腳丫踩在茶几上，說：「小夥子，以後就在這裡做。」

「就這樣？」

「是啊，就這樣。」

「怎麼做呢？」

他像土寨主那樣寬宏大量地笑起來。不一會，他喊來一位穿白襯衫、戴眼鏡的年輕人，說：「這就是你的老師。」那人點頭哈腰，帶我去了編輯大廳。後來我知道這老師其實是實習生，叫鄭江波。當夜，我被安排進報社宿舍，鐵欄杆，上下鋪，地潮，裡邊已住進一人，我請他吃酥糖，並看著他吃完。他沉默寡言，像根木頭，倒頭就睡，不久打起鼾。我睡不著，走到窗前，外邊黑魆魆一團，連風也是陌生的。我沒事幹，出了一堆眼淚。

原定只是向組織部請假三天，我卻一直待在鄭州。家裡總是歎息。有天公安局政治處打電話來，問是什麼意思，我支支吾吾。「小艾啊，趕緊回來，不是什麼好事。」他們交代道。我苦楚於報社遲遲不與我簽合同，以致每接過故鄉電話，便大醉一場。他們不同意停薪留職，不同意保留編制，也不同意請假，就像是我的奶奶，只想著我回去。有段時間他們又不打電話，我撥過去，他們說：「已給你辦成自動離職了。」

就像有什麼東西掉下深淵。一個地方永遠回不去了。我失魂落魄。但他們其實很仁慈，在我離開後還發了半年的工資。

一直等到在報社轉正，我才請假回瑞昌。那是冬天，說話時口冒白氣。過去在瑞昌工資只有八百，酒席需兩百，一般公家報銷，這次衣錦還鄉我已月薪二千八，便在賓館請了一桌。我叫周琪源，他不來。他好像已調到政治處，從一樓調到二樓，從公安局調到公安局，還是寫資料。開席後，一個歡欣鼓舞的老同學將他逮了過來。

我口若懸河，講了很久，聽到讚唱，「國柱，還是你有勇氣。」便醉醺醺擺手，假意歎息：「說白了我現在只是一個打工的。」他們不幹，雖然他們對我沒什麼羨慕的，卻還是一定要隆重地讚美。其中一位變換普通話，說：「琪源，我怕是你也會出去哦。」

他猛然一驚，尷尬地說：「我不出去。」

他一直坐在角落，眉角下壓，看著油膩的小塊桌面，有時悄悄夾一兩粒花生，夾不住的話，就放下筷子，將雙手插在大腿間。恍恍惚惚間，他一直存在，後來定睛看位置卻空了。外邊很黑，他應該像鬼魂融了進去。我有個三表姊，高考八年不中，而我哥應屆就考上本科，辦酒時一位親戚說：「老三，既然你學文科的，理當會些祝詞，不如你來開個頭。」當時我看到紅色的血像閃電在她臉上閃了一下，心想這般羞辱還不如一刀刺死她。

我在鄭州待得並不舒服，始終沒分到工位。每當我正在使用電腦而又不得不站起來將它讓給別人時，總是羞憤不堪。我發誓在工位與電腦施捨下來時，離開報社。我總是賭氣發這些誓，不知為什麼它們總能應驗。前一個誓言——「以後就是你找我，我也不要你了」——也應驗了。一天，當我和一幫全國各地的網友在湖南聚會，當我正努力追求一位喜歡旅遊的外地姑娘時，那梳著馬尾辮和別的男人游泳的家鄉女人出現了。神情破敗，眼窩深陷，還沒找到我眼淚便流了一臉。她是從我的一個網友那裡探聽到活動地點的。我坐立不安，想鑽進地縫消失。這個當初愛過、後來恨過、現在又跑來揭示我縣城背景的姑娘，讓我難堪死了。

「我說過不要你了。」

「不行，我賴著你要，就賴著你。」

在路上她驚懼地跟著我，只要我稍微心軟，她便破涕為笑。我覺得她是想討好。也許盼望我揍她一頓吧。我將她強行塞進開往故鄉的中巴車，一再祈禱那些殉情的事不要因我發生。我搞不懂她為什麼轉變如此。

在工位終於要確定時，一個過去用過我稿子的武漢編輯說：「以前想去上海時沒機會，現在有機會了又結婚了，你說我該不該去？」

「你介紹我去呀。」

不久我去上海見青年報體育部主任，敲定加盟。我也能跳槽了。我很興奮。據說在我離鄭州後，一位女孩說：「我要是去火車站送的話，他可能會留下。」我有些難過。這個姑娘我不知道能不能算好過，總之將她帶到過租住房。只有幾平方米，洗衣盆泡著幾天前的衣服，地面潮濕，被子冒濕氣，一張空心榻榻米是房東從馬殺雞店搞來的，中間塌陷，像一口鍋。我陷入在愛情的神聖裡，以為她的掙扎只是處女的不安。直到她側過頭，鼻子清晰地嗅了一下，我才悲涼起來。在她頭也不回走掉後，我猛下一腳，將榻榻米踩穿。

六

我：「你說招聘郵箱是你看的，那當年招聘時，我是淘汰多少人才被選中的？」

鄭江波：「招聘啟事掛了十幾天，只收到你一份簡歷。」

七

從二〇〇二年夏二十六歲出門起，我先後遊歷鄭州、上海、廣州。這是三個寂寞的城市，我要麼租住郊區，要麼租住城中村，吃快餐，坐公車，泡澡堂。每離開一個城市，我都會責怪一個女人。現在我對她們的記憶只剩一兩個細節，白嫩能看見底下綠色靜脈的皮膚、掛在窗台拳頭大的內褲，或者見面時被強光燈照射的淅瀝夜雨。

有一個在同居三週後，絕塵而去。我給她打電話，前一小時可憐兮兮地懇求，後一小時惡狠狠地威脅——我將要幹什麼，將怎樣，我會辦到的。後來我在讀艾倫．狄波頓❹的《愛情筆記》（Essays in Love）時，知道這是「愛情恐怖主義」。她說對不起，最終不耐煩地掛掉電話。我提著凳子暈暈乎乎走向陽台，踩著它看著樓下，不一會腿腳打抖。樓下沉默走著的一人彷彿預感到什麼，抬起頭，嘴巴張得老大，飄出無聲的呼喊，然後像受驚的羚羊跑了。我當然沒死成。

二〇〇四年，朋友阿丁召喚我進京。當時北京這家報紙提供的條件是：實習然後再確定是否轉正。而廣州原單位的領導許諾讓我做主筆。我提著一皮箱書、一皮箱碟搭火車進京，住進阿丁的租住房，每天在光滑的水泥地睡到中午，腰痠背疼地聽許巍的〈故鄉〉，然後跟著阿丁穿過南橫街，吃驢肉火燒，進報社。

有時的週末，我會去王府井逛，手指像雞毛撣子拂過一件件紅色、黑色、白色、灰色甚至彩色的中國外國風衣，像主人那樣看來自全國各地、說各種方言的遊客。然後去新東安市場看電影——在故鄉，電影院已成會議室，有時會招徠一些草台班子跳豔舞，最終悄無聲息地拆了。

我不再熱中回鄉展示什麼。他們說的話千篇一律，「佩服你的勇氣」，但有一天一位朋友告訴我的是另一種說法，「大家其實覺得你很傻」。我被觸怒，心想再不認這破敗故鄉了。此後回鄉，我都將它視為不得不完成的任務，克服、忍耐、住幾天就走。父親說：「出去轉下嗒，那麼多老同學，就是體驗生活也好啊。」我便出門到遊樂場玩幾小時。縣城人的眼光是審判的，它們根據衣著和手機推測我在外擁有的財富及地位。他們判斷得很清楚，卻還是要問：

買房沒、買車沒、結婚沒。

沒、沒、沒。

他們便撫摸我的肩窩，說：「弟啊，年紀也不小了。」

有天，我做了噩夢：在一種難以違逆的催促下，我答應回縣城生活。父親露出孩童般的笑容，說：「你總算回來了。」我晦暗下去，好像北京永遠地關上大門。那些過

④ Alain de Botton,1969-，英國著名作家、哲學家、電視節目製作主持人。

去的同事朋友都來探望，說要得要得你回來要得。

「這次不跑吧？」

「不會了。」

我說得眼淚出來了。

很快我在家裡的床鋪和單位的辦公桌都安排好，我看到它們，就像看到僵硬而憋屈的一生。我把那個送我回縣城的北京姑娘帶到雨地泥濘裡，操了半天，她就是平靜看我，說別急別急。我說都什麼時候了還不急。後來送她走，火車站冷，大雪覆蓋於鐵軌，一列火車噴著氣，噗哧噗哧駛來。我一隻腳站在踏板，一隻腳站在站台，猶豫不決。直到火車拉響鼻子。

倉促醒來後，很久我不知身在何處，直到確信這是北京，才安下心來。對故鄉而言，我已經野了，或者說忘本了。但我仍舊是周琪源的隱祕朋友。我們屬於霄漢，懂得穿州過府對人生的意義。

我最後一次見到周琪源是去公安局找熟人，為弟弟辦個事。那熟人是外縣的，比我們晚進公安局，已娶妻生子，跟我說「服恩鄒」。在瑞昌話裡，這三個字有打情罵俏的味道，意思是「服了你了」。這麼重的土話就是我們瑞昌人也難掌握，他卻輕易說了。我毛骨悚然。

周琪源也說瑞昌話，只不過彆扭，碰到不會說的就用普通話補過去。就像一些出過國的人，說著說著，話裡冒出外語單詞（比如「我有一個idea」）。我覺得他在妥協，哪怕只是短暫的妥協。他穿著帶絨毛肩的藍黑色大衣，臉色白皙憔悴，打著呵欠，指著我的厚羽絨服說：「不錯哦。」

「朋友送的，我買不起。」

然後像歷史上的任何時刻一樣，我們無話可說。他拿著紅色帳本，仍準備背誦英語單詞。我微笑地看著他，但他不再像過去那樣以同樣的親密回望我，他在躲閃。我想起出生地下沅村一間歷史悠久的商店，八〇年代初，我姊與另一位當地姑娘在那站櫃台，都很美。但是在姊姊將生意做到縣城，並從一個批發商、小作坊業主變成超市經營者後，她仍舊在村裡站櫃台，過去賣火柴，現在賣打火機。最近一次回鄉祭祖，我去買鞭炮，發現她已瘦得不成樣子，皺紋滿布，白髮叢生。

她以一種疲乏的親熱說：「你是老杜啊。」

「是啊。」

「長這麼大了。」

她仍在用當年的茶缸喝茶，喝一口，光線就暗了。她像時光之水裡的椅子，周琪源也是。我悽惶地向他道別，聽到他說：「還是你可以。」我轉過身，看見他青蛙一般楚楚可憐、哀怨癡愣的眼神，那眼神既有無盡的渴望，也有無盡的絕望。他大概想和我手拉手、載歌載舞地走，卻被一雙堅決、無形的手推阻著胸脯。

「有事麼，琪源？」

「沒事。」

他捂著鼻子走進辦公樓。很久後，我都在想這謎一般的眼神，總覺得那是另一個我在看我。有時，我會想人生的可能性。因為偶然的旨意，我既可能成為生意人、賭棍、清貧的筆桿子、自殺者、車禍受害人，也可能去當溫柔的爸爸或遙遠地方的一個上門女婿。現在的我不過是所有的我之一。所有的我在所有的時空、所有的維度裡一同出發（就像百米賽跑），最終開出完全不同的花朵。但最終成立的只有兩個我：

一個是艾國柱，自由放蕩、隨波逐流、無君無父，受盡老天寵愛；

一個是周琪源，勤奮克己、臥薪嘗膽、與人為善，胸藏血淚十斗。

我當不起他看著我時所洩漏出的深意：我沒有資格和你在一起。我覺得這是壯志難酬、黃鐘長棄的悲傷，但多年後當我知道另一層隱情時，這眼神再度將我割傷。

八

我聽到一些周琪源沉淪的消息，比如早已結婚、生子，後來還買了房。對多數人而言，這是水到渠成的事，但對一名理想主義者來說，它意味著輜重。他本在懸崖之壁爬行艱難，如今越滑越深。他開始炒股、買基金，並升職為公安局政治處副主任。

他交上了一個壞朋友。

很長時間內我是他的隱祕朋友，與他競爭，但現在這個密友帶他墮落。說起來這是可惜的事。在初中時，我們班成績很好的學習委員被朋友帶去打電動，最終成為縣城家電商場員工，而他的朋友則頂職去了油水單位；在距高考只有幾個月的時間內，一名正義凜然、刻苦用功、只需正常發揮便可考取大學的女同學，談了戀愛，最終落榜。而影響周琪源的這個人，超越一切醜陋與無恥。他像一條豺狗，毫無尊嚴，寡廉鮮恥，始終、默然地跟在人後頭，等待你犯錯，只要你出現哪怕一點衰竭，他便湊近慢條斯理地舔你還活著的屍身。關於這種偏執，波蘭作家維托爾德·貢布羅維奇（Witold Gombrowicz,1904-1969）也形容過，僅僅因為插隊被呵斥，一個人針對檢察官克雷考斯基進行了無休止的糾纏與折磨，直至後者陷入瘋狂。

沒人見過他，卻都清楚他的存在。傳說他穿白袍，走路不留腳印，像風一樣尾隨周琪源。每當周琪源以為已經擺脫他時，他又猛然閃出來。人們聽到周琪源憤怒的呵斥聲，以及越來越低沉的哀告。無論怎樣，無論你詛咒還是討好，這個壞人都等待在角落，靜默地吃蘋果。他咔哧咔哧，極有節奏，無休無止地吃一顆怎麼吃也吃不完的蘋果，眼睛像棍子盯著地面。

人們爭相勸周琪源——心態要健康，要抵抗，你不怕他，他就怕你，你一怕他，他就欺負你。可當他們聞到他身上那個壞人的味道時，便撤退了。說起來，人們都戰不勝這壞朋友，攤到自己身上，說不定比周琪源還絕望。最終周琪源與他擁抱在一起，眼神有種絕望已久的空洞與平靜。他喜歡將手搭在周琪源肩膀上，慵懶地行走，就像一個瞎子將手搭在一個不是瞎子的人肩膀上。有天，他將周琪源的鼻子狠狠揍了一通。周琪源開始咳嗽、駝背，遺忘單詞，也不再寫論文，偶爾興致來了，只給報刊寫寫讀者來信。

周琪源廢了。以前就不怎麼熱鬧，如今更寂寥，就像空掉的糖果盒放在櫥櫃上頭，蒙了灰塵。直到有天周琪源悄然失蹤，周圍人才意識到什麼，出現短暫騷動。但很快大家又覺得這是一件合理的事情。有次周琪源跑回來，試圖看自己還能不能工作，被仁慈地拒絕。另一次跑回時（也是最後一次），他稀疏的眉毛、塌陷的鼻子、抖索的嘴唇以及起著疙瘩的皮膚上掛滿霜，像吸過毒一樣。他瘦得只剩一把骨頭，頸上卻套著巨大的頸托，也許頸椎被嚴重揍過。他取出一堆發票，焦灼地遞給財會人員，試圖馬上兌換為鈔票。彷彿這錢十萬火急，晚一分鐘就可能家破人亡。大家很清楚，他要錢是去填補那個壞朋友填不滿的欲壑。

二〇〇九年七月八日，世上再無一人能聯繫到周琪源。一位警校同學、也是曾經的同事給我報信：周起源走了。名字拼錯了。但並不重要。一個人不見了，就是不見了，他帶來一陣空泛的唏噓。我整天陷在頭昏的折磨裡，想找把左輪槍結束自己。

我對這事很冷漠。

我曾經跟人說，當我的爺爺辭世時，我罕見地冷靜。僅僅為著表演出哀傷，我採取警校軍訓時學到的辦法，撐大眼球，長久盯著一個物體看——這樣，因為疼脹，眼淚就會啪嗒掉下來。我繼續行走在北京的路上，越來越覺得世界光明，就像原有的光明還不夠，往光明裡又過濾出一層光明——美女胸部和腰部露出的皮膚、汽車漆過的車身、大樓的牆體甚至植物的葉面，都像冬陽照耀的白雪，放射出失真的光。當我在街道停下，好像看到自己與街面之間橫亙著一層薄薄的水鏡，我像是在鏡湖中蹚著走。對比。有一天我想到這點。我意識到有人正永遠地行走在漆黑的下水道，黑得不能再黑。

我變得越加放蕩，醒著時像睡覺，很少為具體的事激動。一天，在已上班三年的雜誌社，一位兄弟被宣布解職。我像是一個和自己無關的人站起來，指責這種卸磨殺驢的行為極其猥瑣，並痛罵空降下來的主編。他說：「你也可以走了。」

我就走了。

坐在街頭，我用了很久才搞清楚自己已離職。是啊，離開一個單位了。這並不重要。略感意外的是，一條命運軌跡也跟著掐斷了。二十一歲時我在洪一鄉的山野發惡誓，要去紐約，十二年過去，我竟然差點沿著洪一（鄉）—瑞昌（縣）—鄭州（省城）—上海（直轄市）—廣州（沿海）—北京（首都）的軌跡去了那地方。這家雜誌是時代華納集團旗下一本刊物的中文版，每年派人去紐約學習。他們買回POLO牌子的T恤或別的免稅品。我已做到主筆，熬下去或許也有機會。現在老子被開了。可這樣牽強附會地去兌現一段理想有意思嗎？我準備點錢，不是隨時可以跟旅行團去曼哈頓嗎？更重要的是，我再也感受不到內心的那種力了。我那蠢蠢欲動的柴油機早就鏽跡斑斑、不堪運轉。眼下的一切看起來還輝煌，還屬於我，卻早成記憶的沉渣。

若干個城市

若干家單位

若干間租住房
若干任女朋友
始終保持在一萬元左右的存款
毫無意義的累加
生之疲乏

二〇一〇年六月，奶奶去世。我返回瑞昌，一直沒怎麼哭，好像是旁觀一場別家的葬禮。直到姑媽指揮著子女抬著毛毯從橋那邊走來，我才淚花滾動。我意識到奶奶死後，她留下的這另一支血脈將越飄越遠。奶奶只生育一子一女，姑媽年近七十，爸爸六十五。爸爸初中畢業後遊走鄉野，畫畫、寫詩、吹笛子，後娶媽媽，生三子二女。因為工資不能養活我們，開始做生意，在縣城築有兩套房子。他曾打算去九江做生意，臨行時英雄氣短。一天，他從醫院回家，洗熱水澡，中風；姑媽沒讀書，姑父本是上門女婿❺，後舉家遷至岳華村，生下大表姊二表姊三表姊四表姊五表姊六表姊，到第七個才是兒子，喚李新金，與我同年。往下再生，又是一個女兒。姑媽身形巨大，

❺即入贅之意。

從不曾吃飽，兒子終於到省建設廳上班時，她可以放開大吃，卻罹患直腸癌。現在，爸爸拖著一條萎縮的腿，蜷縮一隻不能伸展的手掌，抱著靈牌，不時艱難作揖，姑媽則像革命烈士那樣在風中讓白髮飄揚。他們認真地活，卻是已站到死亡門檻。不久會輪到我。

我們三代就像排著隊去死亡。我們今天踩著的土地，底下都是原先有名姓現在遺失的死人，他們的骨頭會在夏日被一群狗翻出來，叼著亂跑。生啊——漸至壯偉，漸至癱有鬚，漸至修髯如戟，漸至面蒼黧，漸至髮斑白，漸至兩鬢如雪，漸至頭童齒豁，漸至傴僂勞嗽，涕淚涎沫，穢不可近；死啊——漸至僵冷，漸至洪脹，漸至臭穢，漸至腐潰，漸至屍蟲蠕動，漸至臟腑碎裂。血肉狼藉，作種種色，其面目漸至變貌，漸至變色，漸至變相如羅剎。生與死，不知所云，毫無含義。

葬禮結束後，我接過靈牌，沿原路返回，前邊有人敲鈸打鑼。鈸敲兩下，鑼打一下，然後寂靜。鐵，鐵，嘡。聲音像蛇溜進山崗。我說：「好累，以後將我葬回到崗上。」他們爽快地應了。就像我爽快地答應他們馬上結婚一樣。

九

二〇一一年，我每天下午起床，看光陰如巨輪緩沉。有時一天只喝一杯牛奶，溶化不了的奶粉在杯底結成痂。有時不刷牙。朋友說這是精神深淵。四月時，我對自己呼喊：你去尋找周琪源，就現在。

我將鑰匙丟給睡在床上的女友，去了機場。從地圖看，北京和南昌相距一千三百九十八公里，座標平行，但這趟旅行卻像是從上到下（君臨）。拉我出昌北機場的司機是女的，過去做公務員，因超生去職，現在兒子快高考，想讓他讀警校。

「說不定你兒子的理想是去紐約。」

「紐約有什麼好，離那麼遠。」

車經省府大院時，我有些心驚。站崗的武警站得筆直，棕黃的槍套像巨臀掛在腰外，而招牌上的每個字都有籃球大。也許這是周琪源理想的終點，也許公安部才是。

我在省腫瘤醫院門口等候。這裡只有兩種人：一種是腳步匆匆、憂心忡忡的親屬，一種是行走緩慢、皮膚灰如草紙的病人，他們的臉瘦得只剩眼睛，勾勾的，抬起時極其無力。醫院旁邊是一片水紅的招牌，賣水果、鮮花和日用品，他們看見時想必已當作天邊遙處的斜陽，心下在算還有多少日子。街道盡頭有塊藍色牌匾，寫著「壽衣花圈」四字。

我不知周琪源的父親周水生為什麼約定在這裡見面。

不一會，他走過來。額頭冒出的汗及臉上的表情在說明，他想走得快，但是快不起來。「一般看不出來，但還是有些障礙。」他指指腿。他身高一米六，劍眉，戴眼鏡，穿紅色外套和黑色旅遊鞋，有著黝黑的面孔以及與這膚色匹配的表情。我在想，是不是精神上的強悍最終也會加重這種膚色。他不容分說帶我上計程車以及早早支付車費的舉動，都讓我熟悉。我記起來，他去過公安局，當他推開門，周琪源條件反射地站起來，顫巍巍地叫爸。

我們去了教育學院附屬實驗學校，大門比警校還寬闊氣派，一塊銅牌顯示它是省重點。周琪源的兒子周正陽在小學部讀四年級，一、二年級時考滿分，三、四年級也保持在每門九十分以上，最近因為獲評「三好學生❻」，獎了一套《十萬個為什麼》。鈴響後，周水生站進潮水般往外湧的人群，一連叫出五、六個孩子的名字，「看見周正陽沒有？」

他們搖頭。周水生等不及，走進縱橫交錯、被花叢隔擋的校道。我擔心他會與孫子錯過，但最終他捉住一夥小孩中的一個，「正陽。」

「爺爺。」

適才還翹著嘴笑的那個小孩，沉下臉來，眼神躲閃，頗為不安地回應。此後他一直低頭跟著爺爺走，被提問時，簡潔、明瞭地回答。吃飯時亦如此，叫吃什麼，才會吃什麼。很乖，眼睛像圍棋子一般明亮。我很久沒見過這麼亮的眼睛了。

周水生幫我找到一間只有兩層的小旅社，對服務員說都是老客戶，因此要到很便宜的價。進房後，他說這樣的天氣不需要空調，服務員又乖乖剔掉空調費。當房間只剩我一人時，一種空寂感捉緊我——所有旅社的床鋪都很白，心裡卻覺得髒，牆壁像巨大的永遠閉上的眼。我和這座城市完全不熟，雖然在這裡上過三年學。和女友的通話也草草結束，我們像是要湊夠三分鐘，才勉力說了些話。我們總共才處了一天，不怎麼記得名字。

不會有人來敲門。就像坐牢。沒有聲音輸入，也不能輸出，剝奪的是一個人交流的欲望與功能。有信仰的人也許好點，可以與上帝說說話，但我沒有。我將行李倒騰於床上，洗了兩次澡，然後拉屎。我雙手抓水管，蹲在便池上，兩股顫顫，面紅耳赤，哼叫著。我想馬桶是一項多麼偉大的發明啊。可在出離縣城之前，我不是一直習慣蹲

❻中國大陸自一九五四年開始的學生評選標準。三好指思想品德好、學習好、身體好。

坑麼？

傍晚吃飯時，順手看報紙，說廣場有位失去雙臂的乞丐抽出手來點菸。我便走七、八里路去那裡，發現他還在賣唱，兩袖空空，雙手果然藏在衣服裡。

第二天，我步行數百米，找到一間小區，被周水生領進他家。兩室一廳，不足九十平方米，陽光越過窗戶和陽台，照向一塵不染的紅木地板。電視、茶几、沙發、立櫃、餐桌規整地擺好（就像事先在地上畫過線），沒有任何奢侈品，卻被擦得乾乾淨淨。我想到初戀情人家一台用絨布蓋著的兩尺寬收音機，立在房中間，讓人感覺到蕭條以及努力保持住的自尊。

周琪源的照片掛在壁櫥一側。書櫃擺放他曾看過的英文原版辭典、《現代英語活用會話詞典》、《水滸傳》、《二十四史》、《求醫不如求己》以及幾本外國名著。在臥室牆角有一台啞啞的方正電腦，螢幕、主機、路由器以及藍色的網線仍然連著，就像他還存在於此，正低聲咳嗽。只有當他的父親對我講述時，他才成為一個疏離的對象。講述使他遙遠。

我在主婦黃武建臉上看到一切周琪源誕生的痕跡，桃花般的眼、高挺的鼻子、線條分明的嘴唇、細嫩的皮膚以及潔白而長的牙齒。她燙髮，穿牛仔褲，舉手投足有一種深遠的生根於大城市的氣質。有時她會在丈夫的講述中插進自己的看法，但並不堅持。講述整體還算平靜。不過每當有怵目驚心的細節冒出來，他們便像無聲的抽水機，悲不自勝。好像周琪源也就是剛剛才離開。

十

你因何至此。四十年前，當退伍軍人周水生循著廣播聲來到我們瑞昌縣下巢湖，會想到自己步行二十餘里回家去吃一只蘋果的往事。當時，他整天待在南城縣株良公社一間陰鬱的鐵匠鋪內，機械地活著。很多人類的東西面臨消失，包括上衣、洗澡的欲望以及少得可憐的文化——但他認得一切可以食用的東西。這將是他第一次看見蘋果，他覺得早就見過。

「你們一人吃一口。」母親在他回到縣城那間糊著黃泥的矮屋後，對著他和另外兩個兄弟說。他們等待的身軀爆發出難以遏制的顫動，但還是知道分寸。一只無法用菜刀切成三份的蘋果，被恰到好處地分三次吃完。味道前所未有，又稍縱即逝。

蘋果是艱難歲月難得的溫存。

他聽說，在老六——那個嚎啕大哭的弟弟只有一歲時，父母意外地溫情起來，又是餵又是哄，然後像抱出門曬太陽一樣，將他一路抱到六十里外的舅舅家。從此姓饒。這是給六弟的結論。母親回來後甚至替別人餵養孩子，以換取食糧。他們也不講孩子們的爺爺，一位擁有無數白花花大米的商人。後者在一九四二年試圖通過日軍防線，被刺殺。

靠我照顧你們終歸有限。一九五九年，在搬運公司做推土工的父親全身浮腫，像是要死了一樣躺在床上。他吃多南瓜葉子了。想起這種東西，周水生就會作嘔。次年，十一歲的周水生便被送到鐵匠鋪。看起來會待很久——當釘錘釘下去，手自動抬起，然後又釘下去。一秒鐘捶打一次，一分鐘六十次——要捶打到一個龐大的數字後，才會得到一點食糧。有時覺得一天就過掉一生。

周水生也會想起三哥寄到鐵匠鋪的信。郵資免付，厚厚一層。三哥一定是穿過綠草如茵的營地，用乾淨的毛巾洗臉，然後回到桌前，用閃光的鋼筆蘸好看的墨水，一筆一畫認真地寫。三哥已在部隊提升為幹部。有一天他想起來故鄉的鐵匠兄弟，寫信過來。

周水生時常覺得沒什麼可寫，他只讀過四年書。「你必須回信，這是一項任務」——當三哥的信再度到來時，他看到自己的信被一起寄回，上邊充滿對錯別字的修訂。靠這點積累，周水生在一九六八年入伍，服役於省軍區司令部工程處汽車隊。他積極參加文化補習班，終因根底淺，未能提升為幹部。

一九七一年，周水生退伍。此時六機部正在贛北實施二一四工程，須吸納大批專家、大學畢業生、工程兵、工人。周水生分到位於瑞昌縣下巢湖的六二一四廠。他躊躇滿志，以一種國家人的身分走到四十年前我們瑞昌縣的江邊，看平整的荒野，以及插到很遠的紅旗——巨大的疆界已經畫好——未來這裡將矗立起一個占地和占湖均超百萬平方米的船業帝國、一座沒有任何歷史沿革的城市。所有人吃國家的飯，領國家的工資，為國家工作。

因為做過衛生員，他被分到廠醫院。不久領導覺得一個皮膚黝黑、個子矮小的男人還是應該拿鉗子而不是針筒。他被重新安排至交運大隊汽車修理連，在那裡他看見一位紮著兩條短辮的姑娘。太陽照到她臉上，像照耀一堆白雪。

三年之後，一九七四年，作為汽車修理工的他和作為洗工的她舉行婚禮。她的父親買來蚊帳、枕頭，送了一只樟木箱子，姊姊則留下五十元，而他什麼也不能提供。在艾倫·狄波頓的《愛情筆記》裡，男主人公說：「自我們降臨凡塵，宇宙中就有一位偉大的神靈在微妙地改變我們的運行軌道，終使我們能於這一天邂逅。」我們似乎也可以這麼來解釋周水生與黃武建的際遇。一九六九年，黃武建在兄弟姊妹中被選中，下放至荊門縣農村。按正常邏輯，她應該考取工農兵大學、返回原籍或者入籍當地。但她父親，武昌造船廠運輸科時任科長恰被指派到六二一四廠支援，按照政策可以解決一個子女進廠。她被召來。

武漢市姑娘　黃武建
←
→
南城縣青年　周水生

這就是他們的公式。

我們很少聽說城市人與縣裡人聯姻，市和縣是不同的世界，天上地下，涇渭分明，不可逾越，同時充滿絕望。但是三線廠提供了融合的可能。它像是城市委建到鄉下的一座衛星城，對無數積極向上的小鎮青年構成誘惑，也讓不少城市人覺得尚可將就。

最終很多人在這裡不知不覺度過一生，混合、同化、通婚，演變為一種區別於世外的單獨人種：廠礦人。

一九七五年，因工廠從建設轉入生產，周水生無法照應，懷孕的黃武建坐船回到二百一十九公里外的武漢。這是她最後一次長久地待在家鄉。在武泰閘武昌造船廠那間三十來平方米的宿舍裡，生活著已經遙遠的母親和兄弟姊妹。同年五月二十四日，在武漢一家醫院，她生下兒子。未及滿月，便攜子返回瑞昌。武漢在身後永遠關上大門。而不久後當周水生將兒子送回南城縣時，則有了衣錦還鄉的意思。

「我兒子出生時有三千五百克。」今天的黃武建仍頗為嬌弱，說話帶武漢口音。

十一

七〇年代末，他們二度將孩子從南城縣接回，取名周琪源。「琪」意為珍異，因為計劃生育，他們只能有一個孩子；「源」意為飲水思源，雖然周水生的母親摔斷腿，父親亦最終病逝，但孩子在故鄉還是受到二哥、二嫂、八弟以及一些侄子侄女的細心照料。

這是個野孩子。他在南城老家因為躁動摔倒在柴禾上，劃破嘴唇。在廠托兒所，他將拉尿的痰盂扣向別人腦袋，後來又和同學埋伏在坡後，將碎石棉瓦投擲到某車間主任妻子頭上——看到血時，他們像是快沒命了那樣跑。直到初一，他還忍受不住誘惑，和同學翻過高牆，溜進醫院，試圖得到一些廢棄的針筒。

他面臨一個課題：成為。

周水生負責「怎麼成為」——這是他教育的核心，告訴孩子想什麼，不想什麼，做什麼，不做什麼。他是按照這種方法論成為一個國家職工的，因此覺得有必要灌輸下去。在施予一只蘋果時，他告訴對方在歷史上它曾由三個兄弟平分；在添置一件衣服時，他告訴對方它應該穿多少年；在進行一次攙扶時，他告訴對方這是最後一次，一個人最終可以相信、挖掘、依託的只能是他自己。一個不懂得自我鞭策的人，最終會成為一個流浪漢、一個打鐵匠或者一個瀕臨死亡的人。

「我沒條件讀書，你看我現在臭烘烘的；你不好好讀，將來就麻煩了。」或者，「家裡沒有任何背景，也沒什麼錢。」或者，「只要努力做好自己，這世上就總會有識貨的人。」

這是一種斯巴達式的教育。

很小時周琪源的脖子上便掛上鑰匙，自己從小學回家，取出保溫瓶內父母留下的午飯，吃完，然後做作業再去學校。他不敢違逆，因為有時原本應待在遙遠處的周水生會悄無聲息地坐在家中，掐著錶等他。這樣的突然襲擊一直進行，直到周水生確信兒子完全聽話。

一天，當周水生滿身油污，疲倦地下班，發現兒子待在家不敢動。地上是不慎摔碎的保溫瓶，米飯和碎玻璃混在一起。

「你吃了嗎？」他焦急地問。

「沒有。」

看得出兒子正準備挨揍，但他只留下一句話，「沒吃就好，沒吃是對的。」這讓兒子多少有點奇怪。而兒子此後的表現也讓父親又喜又憂——每當有同學前來敲門，他便說：「就說我不在家。」或者在父母主動帶他出門散步時，表現得毫無興致。除開看《原子小金剛》，他從不打開電視機，即便是一個人在家。

他成為書呆子。

周水生覺得孩子這樣下去也成問題，因此跑到學校（他從來沒少去）專程找班主任，與對方協商：「從今，你盡量表揚他，讓他建立自信，他有什麼問題你告訴我，我來教育。」

周水生始終認為，自己做好什麼，什麼就會到來——具體到來的是什麼不清楚，但它一定準時到來。這就是他全部的自負。他想讓兒子當科學家，也曾嘗試讓他從理科跳到文科，但這都不能算是他堅持的東西。「成為什麼」——這重大使命由一言不發的母親完成。

她總是束手無策地看著周水生像老兵訓練新兵那樣訓練年幼的兒子，等待在一旁，直到事情結束，才將委屈的兒子納入懷中。她打開窗戶，看長江之上喑啞而浩瀚的天空。她就像斷了線的風箏，掛在永遠的異鄉。江水上游，千里之外，那花花世界有著鐘樓和寬闊馬路，人人穿皮鞋，喧譁而繁盛。周琪源很早便感受到這種流放的抑怨，此後他的肉身便在不停嘗試離開這牢牢生根的客居地，抵達那原本屬於他和母親的地方。他終生迷戀母親做的兩樣菜，豆腐丸子和洪山菜薹。這是武漢人的嗜好。他是兩條不同河流交會的結果，他是他們的繼承人和綜合體。

十二

周水生僅僅憑藉對自我的嚴苛約束，從一名汽車修理工變成軋鋼廠副廠長、廠長，建設處資料股股長。一九八七年下半年，建設處一名副處長調任房產處處長，第一個帶去的便是周水生，職位是房產管理一股股長。一九九一年廠裡實施分房，他做人變得艱難——每個人都很敏感，臉上隨時準備著欣喜和憤怒兩種表情。

四月的一個傍晚，他既困倦又滿足地躺在家裡，想：二十年了，我跋涉至此。而四個附近村莊的青年只用半小時不到便走到他家。他們有兩人分別守住一樓和三樓樓梯，另兩人則不停敲這間二樓房屋的鐵門。噹噹噹噹，噹噹噹噹。聲音讓人惶恐，像烏鴉昭示著不幸，又讓人不由自主地走向它，迎接它。

周琪源扔下作業，打開門。他們像塔，仰著頭顱，俯視他，強烈的陌生人味道像風颳上臉，令他連退數步。「這是不是周水生的家？」還沒等回答，他們便打了兩拳。他大腦空白，瑟瑟發抖，直到父親舉著菜刀衝過來。他們跑得如此慌張，以致當守在三樓的都知道朝樓下跑時，一個人還在朝樓頂跑。周水生守住四樓樓梯口，將走投無路的對方喊下來，扣住褲帶。一會兒樓下衝來一幫人，說：「讓我們帶走。」

「為什麼？」

「我們帶他去保衛科。」

周水生看見有一個保衛科的人，便將人推過去，誰料他們一擁而上，奪下菜刀，將周水生結結實實揍了一頓。後來當周水生躺在醫院，聽說這四人是受雇於一名因工齡短而無法分到房的幹部時（他對他們說「你們負責進去，我負責撈出來」），差點嘔血。周琪源在病床前長久發呆，眼神直勾勾，臉就像火山到臨前的地表，因為壓抑不住憤怒而戰慄。他極其認真地說：「我一定不會讓這幫人在這裡猖狂。」

當事人受到處分，而周水生因病情需要至南昌複檢。他將周琪源也帶去，因為這孩子感覺鼻子像塞著棉球，呼吸不暢。而當他們走進耳鼻喉科，一個長達十九年的圈套也隨之展開。取結果時，一位醫生看看病歷又看看他，說：「是你兒子嗎？」

「是。」

「可能有腫瘤。」

「什麼？」

「我說可能有腫瘤。」

「怎麼辦？」

「去做深一步的檢查。」

周水生像啞巴，嘴巴開開合合，充滿詢問的欲望，卻說不出來。我們知道很多醫生，穿白大褂，戴眼鏡，上衣口袋插著體溫計和鋼筆，脖子上掛聽診器。他們很少有肥碩臃腫的身材，要麼清癯要麼略微發福，臉就像一只輸液瓶，光滑、沉穩，處於零的狀態。他們從不大喜大悲，甚至也不小喜小悲，對所有病患來說，可能是一生中最重要的結論；對他們而言，只是無數數據中的一個。他們絕非薄情寡義，只因處在生老病死的風口浪尖，每天得經歷三、四宗甚至上十宗人間悲劇，已無心力再悲。

因為一直替死神發布消息，又一直代表無知病患與死神談判，他們不知不覺有了法官的權力與威儀，隨便展現出的一點表情（一個淺笑，或者拿手摸摸鼻尖），都會被病患從心理上無限放大。因此他們索性什麼也不展露，像謎一樣站在高處。

周水生在部隊當過衛生員，現在那點知識與經驗被完全嚇跑了。他像呆鵝走回去，跟兒子說，事情不大。所幸在這個群體中還有六弟——他就是當年被父母送給舅舅的同胞兄弟，在那竹子有碗口大的鄉村，他砍柴，去二十里外的集鎮販賣，後考中工農兵大學，入江西醫學院，畢業後分配至南城縣人民醫院，現在已是江西醫學院二附院一名醫生。他拿著醫學院病理教研室做的切片結果，說：「他們懷疑是惡性腫瘤。」

他覺得這樣會增加兄嫂的不安，又說：「僅僅只是懷疑，還存在其他很多可能性。」不久，另一家醫院檢查顯示，不排除只是息肉出問題。周水生如墜迷霧。可能、懷疑、不排除——這就是那些去死神宮殿探訪的巫師，所帶回的完全不同又模稜兩可的答案。有時他真想喊：「我需要清晰的結論，給我結論。」可這有什麼用。根據六弟的建議和安排，切片被送到省腫瘤醫院——這是省內這個領域的最高權威（就像省高級人民法院，有權駁回、改判一些已經定性的案件）。他們一送呈，便守候在那，如坐針氈，走又怕走遠了。他們不吃不喝，希望早些有結果，又害怕結果到來。

當醫生的門打開，他們撲了進去。

對面的醫生在一行行往下看，他們跟著一行行往下猜。醫生嗯了幾聲，一直尋找著合適的詞語，最終他看著這兩隻可憐的羔羊，清晰地說：「癌。」周水生像被狠敲一棍，意識盡喪，僵立住。說起這種父親的悲傷我見過。二〇〇〇年當我站在縣城人工湖岸邊，曾看見一個溺斃兩小時的孩童被打撈上來——在馬路那頭，他的父親，一個中年男人，圍著理髮用的白袍，眼睛水汪汪，鼻涕掛了一臉，嘴巴無聲地呼喊，張牙舞爪，像被颶風颳來颳去的醉漢，極其滑稽地奔跑，直到將自己絆倒，重重摔到地面。

不久周水生變回為那個理性而蠻橫的人。他命令六弟，你是我弟，是周琪源六叔，無論如何必須幫忙。後者動用不輕易動用的關係，在擠滿預判死刑者的腫瘤醫院弄到一張珍貴的急救室加床。周琪源被安排放療。他們隱瞞可怕的結論，時常不得不展露一些貌似輕鬆的表情。起先周琪源很乖，堅持學習，並在規定時間（晚上十點）催促他們回去。他們借住在親戚家地板，天熱，灑點水就睡，淚流滿面。一天，周水生帶著周琪源去做氣功鍛鍊，中途上廁所，回來聽到他說：「爸，你當時怎麼不再生一個呢？」周水生心裡咯噔一落，知道剛放在椅上的衣服被動了（裡邊藏著放療卡片）。這幾乎是世上最難藏的祕密。後來周琪源將買好的甲魚湯殘酷無情地倒灑在地上。

「源源，你怎麼了？」

「不吃。」

「為什麼不吃，孩兒啊，吃了對身體好。」

「知道我為什麼倒嗎？第一次吃了就跟你們說不要買，你們還買。這次不倒，你們一定還會買第三次。我們根本就不是吃這種東西的人家。」這十六歲的人憤怒地喊。

放療數月，他們一家返回六二一四廠休整，準備日後再去化療。周琪源的鼻子沒有半點好轉，這令周水生生疑。他和妻子兩家幾代都沒人得癌。那些過去存在的推論——可能、懷疑、不排除——越來越強烈地燒灼他。他通過廠裡熟人聯繫到我們瑞昌市糧食局一名司機，後者給在武漢醫學院二附院病理教研室當主任教授的哥哥打電話。答應看一下。周水生聽說他是全國性權威。但是切片已入江西省腫瘤醫院庫房，按規定不能調取，周水生通過六弟想辦法，幾乎是盜，將三份切片取出。

在武漢，那教授說：「不是。」

「您再說一遍。」

會不會拿錯切片了？他仔細看著那些證據上的三個字，那是他命名的三個字，一路念叨著，回到兒子身邊，「周琪源。」

「不是。」

「怎麼了，爸。」

「沒事了，周琪源，什麼事也沒有了。」

他涕淚橫流。兒子在研究和判斷他表情的真假，最終確信，也流出眼淚，一邊流一邊像花一樣笑開。他們一時覺得世上歡樂都不像現在這麼多。就像站在苦難盡頭，看見無邊無際的冰川被太陽照射，已經消融、遠去。就像天上在下密密麻麻的光明的雨。

只是壞死性息肉須切除。手術在六弟所在的江西醫學院二附院進行。因為對麻醉藥過敏，最終是在無麻醉情況下從鼻下進行的。周琪源一聲不吭，主刀醫生大讚其勇。手術結束後，周琪源說：「我的鼻子通了，我從來沒這樣舒服過。」他那彷若精雕細琢的鼻子未留明顯疤痕，完好如初。未過多久，三個骨瘦如柴的人返回廠裡。他們像取得巨大勝利，挨家挨戶打招呼。後來他們意猶未盡，聽從建議，準備將省腫瘤醫院告到衛生廳，很快偃旗息鼓。他們想到六弟會很難做人。重要的是判死刑的人終被釋放。不論他是否無罪，是否冤屈，不論事情是否荒唐，重要的是已被釋放。

十三

因為這場意外，周琪源高一復讀一年。就像是上帝讓他等我一年。一九九四年秋，我們坐著不同的中巴車，在省警校會合。他畢業於六二一四廠子弟學校理科班，我畢業於瑞昌二中文科班。若干年後，當我拿著這張省專文憑去找工作時，人們既驚詫又鄙夷，我臉色微紅，說：「當時不太努力。」

而其實陪伴我終生的神經衰弱就來自高考前。我們是歷史所犧牲的少數人。高一時我們接到通知，說高考考四門（語數外加自選科目），我選了地理。高二時政策更改，仍實施文理分科，考五門（語數外加政治歷史，或物理化學）。最終我們高考的成績被乘以一個係數，與考六門的復讀生競爭——我聽說文科這塊，復讀生多考的地理那年非常好考。最終，我們二中應屆文科兩個班只有四人過大專線。而次年，那些去復讀的同學很多都考上重點和本科。我們是游得最快的精子，莫名其妙做了多年警察。

周琪源的分數是五百三十五。選擇讀警校，原因很多：周估分在五百二十左右，預測上不了本科線，而警校作為提前錄取學校，是省專檔最好選擇；周的八叔在警校做老師，說過：「若分數不高，可報考警校。」後來，本科分數線下降，周琪源可讀本科，但父親還是主張讀警校。保險，鐵飯碗。周水生認為，一九九一家裡遭遇四個陌生人攻擊，也是促使周琪源最終答應讀警校的原因之一。他的班主任聽說這個選擇後長歎：「搞這個太可惜了。你的正路一是進研究所，二是搞文字工作。」

一九九四夏，周琪源最後一次去外婆家。是搭廠裡運輸車去的，在湖北陽新兩輛車停下吃飯，同搭車的一對父女充滿憧憬，那女兒就要去武漢長居一段時間。隨後車輛沿省道狂奔，在經過無數竹林、油菜花地和刷白漆的樹木後，它像水上摩托車，劈波斬浪，扎入海洋一樣寬大的武漢。在那裡，房子無限繁殖，沒有邊界，街道連著街道，公車像蛆蟲在巨大胎腹裡蠕動。周琪源找到外婆家——外公已去世，一個舅舅和兩個姨媽陪著外婆（另一個姨媽和舅舅則長居上海、漢中）。他們的話他每句都聽得懂，卻無法講出來，他們審視他時，也帶著城市人的憐惜與生分。渺小的母親早就被清洗出來，沒有任何痕跡。這座城市不記得她。

此後我們看見的便是一個隱祕人。他所在中隊的中隊長（相當於班級班主任）多年後的回憶極其簡薄：菸酒不沾，從不打牌，也甚少參加聚會，二〇〇七年中隊畢業十年聚會他沒去。他的父母記得他從不要錢，問他要麼，他說不要。放假回家也是將自己鎖起來。那時總有認識的女生來串門，他早早打好招呼，不要開門。後來她們中的一個淒婉地說：「周琪源是不是好討厭我？」他們跟兒子說：「你回來一趟，多少也要見見人的。」

「我哪裡有時間。」

他指著一大包從學校圖書館借回的書說。

而我們所見也只是他在沉默地吃飯、寄信、打水，就像一個完全不認識的人在替他吃飯、寄信、打水。他自己則在思考。冰山表面只這麼多——他每天剩下的多數時間在幹什麼，是什麼讓他如此癡迷，像祕而不宣的謎。我是他隱祕的朋友，我知道他為什麼體驗不到或者不願體驗我們普羅人眾所喜聞樂見的東西，就像我知道僧侶在面對嘲笑時為何不為所動。

警校畢業時，他遭遇滑鐵盧。設想中的公安類學報或者媒體沒有將他招走，擁有理論研究空間的省廳、市局也未曾留意他。我們原以為會在留校一事上助一臂之力的周家八叔，最終也無能為力。周水生的八弟出生於一九五九年，初中肄業後在南城縣打石頭，照應送回老家的周琪源（他們畢生的親熱開始於此），後下放至龍湖公社，從當地當兵，退伍分至南城縣生資公司賣碗，不久考入公安局，最終調至警校。他在學校當摩托車教練，有時也管後勤，搞房屋裝修。一九九二年他曾赴海南下海，這導致他在學校的影響力更低。

一九九七年夏，周琪源和我們一起倉皇回到瑞昌。九月，我被分至洪一派出所，而在碼頭分局實習的他被通知，不能再來上班了。我們也沒辦法。很喜歡他文筆的領導表情尷尬，語氣柔和。周琪源癡若木偶，許久才像個陌生人嗒喪而去。

周水生後來講，他去找瑞昌市計委，一位主任說，按照今年大專生分配文件要求，周琪源不符合，他只能去六二一四廠，由廠裡安排，事情就是這樣，「你找誰都沒用。」周琪源聽聞，好像要癱掉了。後來他通過八叔，查到由公安部、人事部聯合發布的「關於做好全國警察院校畢業生分配工作的通知」，其中提到，各級公安、人事部門要「優先保證接收警察院校的畢業生」，「基本上按照哪來回哪去的原則」，而「不接收警察院校畢業生的地方，今後若干年內不予增加國家編制」。周琪源憤恨時想拿複印的文件去省政府門口靜坐，最終寫信至分管文教的副省長。一週後，計委通知周琪源前去報到，之後被分配至黃金派出所。

這件事加重了周琪源「我來自哪裡、我是誰」的意識。

在我們瑞昌的土地上，這個本就格格不入的廠礦子弟從此更加孤僻，讀書寫作變成更深的依靠。幾個曾被黃金派出所抓去的廠礦賭徒事後跟周水生說，你兒子真好，偷偷給我們每人買了幾個包子。而在調入公安局後，也只有偶爾幾個廠礦人才能敲開他的房門。

在靠南老樓二樓那間七、八平方米的雜物室，周琪源生活了數年。桌子和檯燈是周水生從廠裡送過去的，本來還要送電鍋和瓦斯爐，怕給木地板建築招來火災，最終作罷，「他學習起來可是什麼都不管。」

周琪源吃泡麵、餅乾，有時去小吃店或食堂買快餐，像蟲子一樣緩慢而堅決地啃書本，臉色越來越蒼白。有時身體實在不好，便去附近法院打乒乓球。他洗冷水澡——即使已結婚生子，很長一段時間內他仍住在這裡——深夜，他獨自穿越昏黃的走廊，去幽暗廁所方便，然後用冷水洗臉。這繁星點點時，正是這些民間科學家、哲學家、文學家起床的時間。無數孤獨的創造，像細嫩的芽，不停生長、纏繞、伸展、開放，發出神祕的低響。而我們酣然入睡。

十四

「一個人總是要結婚的。」二〇〇〇年三月，在周琪源二十五歲時，他的父親周水生說。他舉出很多例子，占多數的走上幸福美滿的道路，少數則成為鰥夫、怪人。

「我沒說不結。」

「可到現在你連個戀愛也不談，你都這麼大了。」

「我還不算很大吧？」

這次周水生決心不再遷就——那些媒婆帶來無數姑娘的信息，說是能匹配工作單位好、長得帥氣的周琪源，這些拒絕也就罷了，這次相中的姑娘可是周水生自己留意很久的。他覺得她反應快，處事小心，能照應人，他兒子所需要的，不就是一個能照應自己的女人嗎？

她是分廠的技術員。一九九九年，因全廠實行房改，已是房產處處長的周水生感覺手下無法應付六千餘戶人口的數據統計工作，申請借調來十八人，她恰好在列。他瞭解到她家與分廠工會主席關係不錯，便請主席安排相親。

「我已經觀察半年了。」在去主席家前，周水生說。

「好吧。」周琪源回答道。

那天帶她去的是她的母親。她皮膚白嫩，臉圓圓的，梳馬尾辮，愛笑。而他一言不發。當所有大人都離開後，他顯得更加不安。倒是她說：「我早就認識你。」

「什麼時候？」

「六年前。」

「在什麼地方？」

「當時廠裡有兩輛車開往武漢，我坐第一輛，去讀船校。因為路遠，中間停下在陽新吃路邊店，我看見你從第二輛車走下來。」

歸來後，周水生急切地問：「怎麼樣？」周琪源沉吟再三，說：「從表面上看我沒有意見，就看人家怎麼想。」周水生便打工會主席電話，對方說有希望。不久，她便在主席帶領下來到周家作客。半年後他們訂婚。二〇〇一年國慶節——這時我已借調到瑞昌市委組織部——他們悄然結婚，在碼頭鎮擺了幾桌酒。二〇〇二年七月二十五日中午，他們的兒子周正陽誕生，取意「如日中天」。每到週末，周琪源便從公安局返回廠裡，與妻兒團聚。有時妻子也去公安局，幫著收拾打掃那間雜物房。

二〇〇三年，周家大事頻仍。因廠裡精簡機構，建設處、房產處、總務處、瓦斯公司合併為物業管理公司，周水生擔任經理；同時周水生在南昌北京東路一間小區買下一間不足九十平方米的房子，總價十五萬，八弟借八萬，從銀行貸款七萬；而周琪源有去讀研究生的機會——也許只能用「久旱逢甘霖」或「苦盡甘來」來形容他當時的心情，但和過往很多例子一樣，它帶來無盡煩惱。去讀的話，工作可能便難保證。周水生說：「多可惜。」他就和我的父親一樣，我的父親對我說：「這裡幾好的工作條件，你就拋棄了？去做一個打工仔？」

「你讀完還不是得找工作，現在有工作了，還去讀幹什麼？你二十八了，讀研究生兩三年，出來都三十好幾了，」周水生說：「你現在不單是一名父親的兒子，也是一名兒子的父親。」

周琪源終生極少違逆父親的旨意。實際我們七〇年代生的人都很少違逆，父子之間存在深刻而天然的秩序，父親像是殘暴而仁慈的君主，統治、安排、照應我們的一切。兩者待在一起時，自有一種惴惴不安的禮節，時常不能像生人那樣自然而然地沉默，也不能像夫妻那樣毫無忌憚地取鬧。所有語言都是命令與對命令的接受。二〇〇二年，我因為一個河南的電話離開家庭，我走得那麼輕鬆，從來沒想到父親會連手也不伸出來攔一下，他只是像失勢的獅王眼冒怒火，死死盯著地面。我就那樣超越界線，從此無君無父，浪蕩江湖。

這就是我和周琪源的不同。

我可以為誘惑粉身碎骨，拋家棄業。誘惑能擊敗我的責任，使我的父親成為紙老虎；而一切細小的責任與命令卻能管理住他宏大的理想。他沒有和父親再說什麼，收起考研究生的資料，塞進紙箱，從此不復過問。就是這時，那個隱祕的壞朋友——那個叫病魔或者死神的東西找上門來，捏著他的鼻子，拖著他悲慘地走。

二〇〇四年底，當我在北京永安路的夜宵攤與阿丁舉著酒瓶豪飲開始做一個作家夢時，周琪源陷入到惶恐中，他的鼻子時常不明原因地流血。他想休息幾天便好，可是症狀卻持續一個月，而且鼻腔不通氣，腦袋也脹痛起來。他去醫院檢查，被宣判為「嗅神經母細胞瘤」。資料顯示，這是一種罕見的神經源性惡性腫瘤，占所有鼻腔腫瘤的百分之三至六，自一九二四年Berger和Luc首次報導本病以來，至一九九七年全世界文獻報導僅有一千餘例，目前尚未形成規範化診斷及治療辦法。

周水生到今天也無法形容這種病。他更願意採用另外檢查時給出的一個說法：鼻咽癌。他認為這次病因誕生於一九九一年，那次手術也許不成功，在切除壞死性息肉後，也破壞了鼻腔黏膜，導致鼻屎結痂，時常摳得出血。這也許就是我在公安局辦公室老看見周琪源用衛生紙擦拭鼻腔的緣故。

這件事帶來比一九九一年更多的悲傷，但再沒有破涕為笑的一刻。因為放療，周琪源體重從六十五公斤銳減至四十五公斤，臉部發黑，而鼻子也在做手術時被嚴重破壞，像隻肥腫的耳朵焊在臉上。他的妻子曾在手術前哭泣，但一切走向不可逆。一個美男消失，一個拒絕認為自己患癌的倔強人誕生，他總是說：「你又不是醫生，你又不懂。」

二〇〇四年，為著照應周琪源，周水生將在廠裡的房子賣掉，通過瑞昌市房產局熟人介紹，以七萬元的低價在瑞昌縣城兵馬壟買到一間三房兩廳的二手房。一家都搬過來，周水生在他人生奮鬥的舞台，在那船業帝國只剩下一床被子。因為房子很大，他們將一間小臥室改造為工作室，供周琪源寫作用——但他已失其孤勇。他不敢再瘋狂用腦，也不敢持續讀書。總是得吃藥和鍛鍊，一個念頭剛剛開始便被中止。

二〇〇五年八月一日，經複查，周琪源病情告穩定。一位教授說：「你還可以存活很長。」

十五

二〇〇五年，江州造船廠（即六二一四廠）破產改制，變身為江州聯合造船有限責任公司，五十六歲的周水生辦理內退，退休工資五百餘元。十一月二十六日上午，周水生出門找人修理地面，在商店，放著整排地板磚的貨架突然倒塌，碎了一地。他張皇失措跑出來，趕至在兵馬甕的家，發現親人已在樓下。他急切地問：「源源你有事麼？」

「我人沒事。」

「你莫上班。」

但兒子不久還是去了，直到第二天傍晚才回來。據說住在超市門口搭建的棚子。

「吃飯吧。」周水生說。

「不吃了，昨晚沒睡好。」

「你看你精神很差，今天就莫去。」

但周琪源還是扛著照相機、攝影機走了，整整一週泡在外邊，鮮有落屋。這是發生在瑞昌的一場芮氏五點七的地震，一度，在九江開發區至瑞昌的路上擠滿人，縣城也萬人露宿。地震改變了很多，瑞昌有了一定知名度，回良玉、溫家寶先後來視察，帶領孩子唱歌的帳篷小學老師以後被任命為市招商局副局長，而市委書記也說：「地震給瑞昌造成了重大經濟損失，同時也給瑞昌今後的發展提供了無限商機。」地震帶給周琪源的則是明顯的消瘦和疲倦，他和很多同事一樣，身體差了很多。周水生認為，他本來就有大病，這一下更傷筋動骨。

上一次，瑞昌人在室外集體聚集還要追溯至一九八九年，那時縣城上空飄滿紅氫氣球，人們在大街小巷擠來擠去，慶祝撤縣建市。但是這個市至今也只管轄八鄉八鎮兩街道，人口僅四十二點一萬。縣城歷史最悠久的賓館名叫蘇亭，取意瑞昌八景之一「蘇亭墨竹」，傳說當年蘇東坡涉足城西，置身竹林，心潮如湧，於石壁題記：「元豐甲子閏四月二十三日，眉山蘇軾過此」。建市幾年後，街上流出順口溜：

瑞昌市不如瑞昌縣
白天停水晚上停電
馬路中間紮個籬笆
走路不方便

我曾在此掙扎五年，每見火車穿城便心如刀絞，而周琪源一直在等待。

二〇〇六年春，周水生辦完交接，至南昌生活，一年後周琪源的兒子周正陽被接去，就讀於南昌桃湖小學。周琪源將父親介紹至自己長年供稿的《檢察風雲》雜誌社，幹辦公室主任的活兒，負責接待——後來我想，周琪源其實有不少機會出離縣城，但最終總是受困於親情。當他順利成為必須對上下輩負責的中年人，留給出走的其實只有一條路，便是來自上級的指令性調動——這意味著一榮俱榮，不像別的道路會帶去犧牲和拋棄。二〇〇六年夏，周水生至八弟所在的白雲駕校打工，協調安排學員培訓。

二〇〇七年五月，夕陽落盡，我透過雜誌社玻璃窗俯視車輛像啞子一樣在街道奔跑，想著目前的一切並不重要，在一百年前以及一百年後，這裡都會站一個憂鬱的人，大家最終都會消失。我如此勸服自己，不要參與編輯部的鬥爭，不要為那點破事受傷。而周琪源在縣城買了一只頸椎牽引器，開始自療。那是一個類似天平的玩意兒，依託雙肩支撐，戴在頭頂。他的父親得過骨質增生，曾在家自我牽引，他覺得脖子痛也是因為這個。

他寧可相信是這個。家人將三年前那場重病納入考慮，憂心忡忡地催他去檢查，但他總能證明這只是小事一樁，直到年底他忽然痛得在地上翻滾。

「你必須來南昌檢查。」周水生在電話裡說。

「沒事，歇一陣就好。」

「你不要不當一回事。你可以不替自己負責，但總得對孩子和我負責。」

「要搞年終總結，我確實走不開。」

「不可以交給別人嗎？」

「怎麼交？」

他們為此發生爭吵，最終兒子答應二〇〇八年一月二十八日去南昌檢查。二十四日，周水生心急火燎，從駕校請假返回瑞昌，試圖將兒子帶走。

「你怎麼這麼不懂理？我不是答應二十八號去嗎？」

「我怎麼不懂理？你是我兒子，誰叫你是我兒子？現在，兒子，我求你還不行嗎？我求你總可以吧？」

也就是這時，周水生看到兒子眼神裡終生唯一一次的不屑。「我保準二十八號去還不行嗎？」周琪源大聲說。二十六日，僅僅為著應付父親，周琪源去瑞昌市人民醫院拍片子。兩天後的早上八點半，周水生坐在開往白雲駕校的公車上，接到一個電話，忽然淚流滿面。他大聲說：「別哭，哭也沒用，我早說過，沒病別惹病，有病別怕病，有病就治，千萬不要悲傷，悲傷對病一點好處都沒有。」

「已經完了，爸，」在電話裡，他的兒子像小時挨打那樣，在聲嘶力竭，沒完沒了地抽泣，「已經轉移得到處都是。」周水生猜測他是一路走到無人處才打這個電話的，現在既可能在樓宇的頂端，也可能在隆起於地面的鐵路，因此說：「源源，你今天就過來，你過來這兒，爸見不到你一刻也活不了。」

當天下午，大雪彌漫，周琪源已完全是個典型的重症病人，臉色蒼白，身體發軟，走不動路，幾乎是被抬到車子座位上，去了火車站。稍有觸碰，他便大聲呻吟。醫生說頸椎骨頭被癌細胞吃完了，不能再坐顛簸的汽車，就是走路也要小心，否則頸椎斷掉，會癱瘓。他被直接送進省腫瘤醫院，已是這家醫院肝腫瘤中心主任教授的六叔焦灼地拿過片子，將五哥周水生扯到一邊大聲斥責：「這麼嚴重，你們怎麼就不管呢？」

大家面面相覷，看著周琪源被塞進病房。那些醫生、護士像消防隊員衝進來衝出去，緊急處置，不時又將他推到別的檢查室。最終醫生在焦灼的家屬面前長歎一聲，**只剩三個月了**。不久，八叔以家族親人團聚過年的名義，在距醫院很近的一家美食城組局，請來周琪源。我是後來通過周水生出示的幾一張照片知道這場憂傷的聚會的——他們中一定有誰裝得很開心，提議拍照留念，然後一呼百應，就拍了照。他們每個人都帶著毫無痕跡的笑容，湊到周琪源身邊合影。而戴著護頸，斜靠在沙發上的周琪源，臉已醜陋不堪，卻還是露出慣有的笑容（下嘴唇兜著，上嘴唇不動，閃現著知識分子的矜持與真誠）。他看起來很放鬆，蹺著二郎腿，雙手插在大衣袖籠內。

他們是偉大的演員。

都在心如刀割地向對方提供假象。

四月，周水生無心在駕校工作，辭職專門到醫院陪護；不久，周琪源的妻子也辭去在廠礦的工作，來南昌陪護；十月，八叔的駕校也散夥，有更多時間來醫院。而周琪源的身軀開始明顯變瘦，就像每隔一段時間，它就萎縮一圈一樣。他被放療和化療弄得不成樣子。只有眼神，時常充盈著對人們的仰視與渴望，那就像是一雙悲傷的羊的眼睛，或者一雙悲傷的被隔離者的眼睛，我沒有資格和你們待在一起，我感到羞恥，而窗外鮮花開放如此之盛，孩童的笑聲像銀鈴竄來竄去。我們相隔遙遠。護士和醫生每次走過來都會說正在好轉的話，他不再相信。

在這時常會爆發出家屬痛哭聲的地方，每個重症病人都在緊盯另一個重症病人的面孔，好像是為了在另一個世界很快稱兄道弟。每當有一個床鋪空掉，都會讓病友深深坐進沉默中。那是無法勸解的沉默，不吃不喝，末日將至。就是在這樣的時節，一輛轎車開進醫院，一個個子高大，五、六十歲，一看就很有威信的領導帶著一名下屬走進病房。他送了四百元錢，說：「好好養病，很多工作還需要你做。」

這是周琪源夢中所期待遇見的人。

這個在省公安廳宣傳處擔任處長的男人將要上車離去時，轉過身來，對周水生說：「這個小夥子滿有能力，本來我想動腦筋將他調到省廳的。」

十六

周琪源一直活了很久，這和他擁有強烈的求生意志有關。化療時人總是嘔吐得厲害，但他強迫自己吃東西，始終保持一定的攝取量。他也會做力所能及的鍛鍊。七月，情況看起來還可以，他要求出院。家人勸阻，因為「反正是醫保」，他說：「是可以報銷，但自己多多少少也要燒錢吧？你們現在有幾個錢？」

他堅持回到在北京東路的家，每天從家裡走兩百米至社區醫療站注射。有次他還氣勢昂揚，戴著護頸騎電動腳踏車出門。待在家時，他看訂閱的《南昌晚報》，也會一手撐著脖子，一手捉筆，咬牙切齒地寫作。這段時間以及之前他參加了大量的徵文活動，寫了不少讀者來信。我在網路搜到這些文字時，詫異不已，這些文章抵銷的是一個論文寫作者的尊嚴。他卻深諳此道，每擊必中。他獲得過「我與熊貓的故事」、「我讀《網路媽媽》」、「我心中的和諧家庭」、「汾酒傳情」、「跨世紀相伴成長」等無數徵文的獎項，甚至還參加過我家超市的廣告語徵集活動——有時他會署名周水生或黃武建。而在《醫師報》發表的〈遲到是因為心繫生命〉，則透露出一定的空洞，他寫自己去複診癌症，掛好號卻空等，焦灼不堪，最終醫生解釋遲到是因為有生命要搶救。他呼籲社會對醫生多些尊重和理解。

現在我知道，這幾乎是他唯一賺錢的手段。這些徵文因為附帶廣告要求，發表易，獎金高，見效快。他當然知道二〇〇四年後家裡為他治病花費十三萬元的事。他總是這樣寫著，寫好了單指敲進電腦。他幹一會喘一會，生不如死地呻吟，直到父親最終拔掉電源。

他盡力使自己看起來一切正常，堅持要回瑞昌市公安局。最終周水生陪著他返回瑞昌。公安局此時已從老汽車站的臨時辦公地搬到市府舊樓，周琪源找到政治處，發現已無自己的位置。久別重逢，同事們一個個從座位站起來，不由自主走向他。他們的眼神充滿憐惜和痛楚——他們和他早已抹平縣城人與廠礦人的溝壑，現在大家都是孤苦的人類——面對他的要求，他們溫柔地搖頭，「讓我們先養好身體，工作的事情先不要考慮。」

可能是自己也覺得沒意思了，周琪源對父親說：「我們還是回南昌吧。」

這樣的好時光沒維持多久。八月，周琪源頭痛欲裂，至醫院檢查，發現癌細胞已轉移至腦部。經過伽瑪刀手術，病情緩解數月，至二〇〇九年三月，又不行了，說話聲音完全變調，沙啞吃力（這說明肺部正在失守）。家人要他住院，但他無比倔強。周水生急火攻心，卻無能為力。一天傍晚五點鐘，周水生照例騎自行車去買饅頭，回來剛進家門，猛然呆住，饅頭還提在手上。妻子黃武建扶他下樓，行至小區外的圓環，他尚且還有意識，說不能再走了，卻是剛上計程車便昏倒過去。

高血壓，中風，昏迷三天。一個月後，我的父親也遭遇這災難，當時他從醫院歸來，洗了個熱水澡，便癱倒——從此不復健步如飛。因為父親中風，我忽然知道很多朋友的父親得了腦血栓、腦梗塞、腦溢血、糖尿病、心臟病、癌症。有時我覺得這是我們所有父親的遭遇。

周水生醒來時，眼前是戴著護頸、扶著床擋、憂心忡忡站著的兒子。周水生口鼻歪斜，說一句話嘴角流一灘口水，「你不要來啊，你走不得。我不是因為你才中風的，我早就是高血壓。」周琪源什麼也沒說，只是抽抽搭搭地哭。有幾天他果然沒來，等到他氣喘吁吁，精神極差地再度出現時，周水生捶床痛哭：「兒子你要了我的命啊。」他憤怒地責怪妻子，「你們真糊塗啊，你們要了兩條命啊。」

「我把票據拿回去報銷了，」周琪源說，「我沒事。」

周琪源是坐中午十一點的火車返回瑞昌的，下午三點到。他匆匆跑到江州造船廠，將父親的醫療票據提交上去，又跑到幾十里外的瑞昌縣城，到公安局報銷自己的。他這時臉色灰暗，灰中透著白，白裡透著灰，身上散發陰氣。他像孤魂野鬼飄到行管科，焦灼萬分，就像這錢十萬火急，晚一分鐘就可能家破人亡。

周水生的入院費是三千元，此後每天花費一千，住院至第九天，他嘗試讓人扶著上廁所，感覺還行，便大呼出院。六弟觀察很久，同意了。此後每天都有一名護士上門為周水生注射。

四月，周琪源告急，被送入腫瘤醫院，開始說些糊話——從此再沒出院，甚至連床也下不得，穿著「尿不濕」，大小便都在床上。大便彷若苦刑，每當此時，他牙關緊咬，目眥欲裂，整個面部顯現出清晰的骷髏形狀，一會兒便全身痙攣，昏死過去。家人緊緊抓著他的手，好久以後還能感覺那力道的凶狠。他開始失去肉脂，因為打太多針，手足後來再無針眼可打。醫院下病危通知單，像十二道金牌，一道比一道急，至後來便懶得下了。

一天，周琪源嘶嘶有聲，父親湊過去聽。

「筆。」

「什麼？」

「筆。」

「源源，我們暫時不寫了，我們過段時間再寫。」

「好，我們過段時間。」

出來後，周水生大為悲愴，一路嗐嗐地自語，到處亂走。腫瘤醫院是間大而闊氣的醫院，天花板上掛著五十八盞大紅燈籠，大廳擺八只巨型花盆，地面是光滑的瓷磚（每塊都有一張小型餐桌那麼大），裡邊排列著「入院登記」、「入院繳費」、「出院結算」、「分診服務」等六、七個窗口，人們靜默地排隊。通往三樓的手扶梯停運，因此路途陰黑，與天井玻璃所濾下的光明形成劇烈對比。在三樓，前頭是鼻咽鏡室、支氣管鏡室、眼科、細胞室，左側是體檢科，後邊是一排候診塑膠椅，有指示牌指向心電圖室，所有門都半開半掩著——走廊的右側是一道銀白的不鏽鋼欄杆，下邊嵌有一米高的厚玻璃。周水生扶著欄杆，看見二樓左側某處窗口下坐著一位白髮蒼蒼的醫生，正一邊飲茶一邊看報。樓下的聲音像是從溶洞深處發出，在封閉型的建築物內遊來遊去，偶爾有清晰的嘀嘀聲從院外傳來，到處是聖潔又可怖的氣味。

周水生看到一大塊光滑、平整的地面。它就像一位溫柔的母親，張開手臂，「跳啊，快跳，一了百了。」周水生雙手戰慄地撫摸著欄杆，他看了那白髮蒼蒼的老醫生一眼，他也看了他一眼，那眼神彷彿在說：「別玩這小孩子的遊戲了。」**我就是想死，我現在就是想死，我從來沒有這樣想死過。**周水生悲不自勝，感覺堅硬的地面近在眼前。

周水生是我見過的最為強悍的男人之一，我父親也是。說起強悍，我們總容易想到海明威筆下與大馬林魚戰鬥的老人，或者在戰場上展示梯田一般腹肌的史特龍，充滿著津津樂道的英雄主義氣息。但在中國，這項品質和荷爾蒙無關，它僅只關係到活著。他們最終在上帝剝奪走大部分希望的情況下，依靠極小的條件最大程度地活著。二〇一一年當我見到中風病人周水生時，已經看不出他一條腿長一條腿短，以及嘴角歪斜的形狀。他和正常人一樣，只是在上樓梯時，方顯出一個老人的衰敗與無能。

周水生沒有自殺，最終他急切地走回病房——他的兒子正聽著電視上的體育新聞，這是住院後他唯一留心的節目。我從來沒聽說這個文質彬彬的人談及什麼體育明星，也未見他主動參與什麼體育活動（除開因身體不好去打乒乓球）。後來我想到電影裡的一句話：**體育就是民主**。只有體育擁有著完全公平的規則，可以讓王公與貧民、年老人與年輕人站在同一起跑線，憑藉自身實力說話。而其他領域的競爭機制則不好平衡、量化。我牽強附會地想，也許他羨妒運動員，羨妒那只要球打得好便一定能進國家隊的命運。

「源源，你有什麼還沒交代的？」周水生說，「我現在就去辦。」

「沒有。」

「你告訴我。」

「沒有。」

周琪源什麼也不說，眼神卻始終挺著，淒苦而焦灼地看著天花板。按照醫生判斷，他早該死了，卻是一直拖到現在。「你說啊，兒子。」周水生嚎啕大哭。但是周琪源只是輕輕搖頭，彷彿那是一件無法完成的任務，說了白說，不如不說。

周水生以其畢生的智慧來猜這個謎語，最終想到兩點：一、孫子周正陽目前就讀的桃湖小學是村辦小學，周琪源以前不放心，時常自己輔導；二、兒媳婦的戶口還在江州造船廠，而他痛惜她。他一想到，便去辦，就像他是兒子的兒子，要趕緊去執行遺命。

第一件事辦得並不艱難，因為周水生的六弟、八弟長年在南昌工作，擁有一定人脈。起先聯繫的是南昌師範附小，因費用過高作罷，後來聯繫到江西教育學院附屬實驗學校，一次性地交了四千元，轉學成功。而第二件事卻根本沒辦法入手。

他走到附近派出所，說：「我想轉個戶口。」

「資料呢？」

「什麼資料？」

「准遷證之類的。」

「沒有。」

他好像看到他們臉上流露出的笑容——在這個年頭還有人以為想轉戶口就能轉的，要是這樣，豈非人人都能轉到北京去了？周水生悶悶不樂，根據民警指點，查了相關政策，發現條條道路不通，最接近的是買房落戶，卻是卡死在九十平方米這個槓槓上。他直接找到公安分局局長，拿出周琪源的警官證和病歷，說：「我兒子是警察，得鼻咽癌快死了，他兒子只有七歲，有公安血統，在南昌上學，需要人照顧，我想將他媽媽的戶口遷到南昌來。」

對方看了看，說：「我瞭解一下情況，你先回吧。」幾天後，周水生又上門，因為中風未癒，只能坐在地上，局長將周水生扶到凳子上，端來茶，說：「這事有點困難，你等通知，有希望的話，我一定會叫人通知你的。」

周水生覺得挺沒戲的——局長說的和民警說的差不多，無論周家的情況有多慘烈，現實有多困難，其操作的空間都有限。但是不久，派出所的人便打來電話，嗔怪道：「為什麼這樣的事你要驚動局長？」

「怎麼了？」

「你趕緊和我去一趟局裡。」

在分局，派出所寫的報告被簽字蓋章，周水生拿到准遷證。他有些不敢相信，忽然涕淚橫流，像老農民那樣跪伏在地，給局長磕頭。「我雖然是廠礦的，但也是正處級，這是我第一次因為求人跪倒在地。他太好了，我實在不知道怎樣表達感激。」周水生後來跟我說。

辦好這事，周水生心情振奮，搭車回醫院，「請直接往腫瘤醫院開，請快點。」他命令司機。在病床前，他說：「正陽的學校落實了，你媳婦的戶口也轉到南昌來了。」

「很好。」

「終於都辦成了。」

「很好。」

兒子的聲音像從很遠的地方傳過來，含含糊糊，但眼神裡的焦灼卻仍未消除，反而顯得更加淒苦和絕望。「源源，你放心，只要我活一天，我便好好照應正陽一天，我一定讓他成材。」周水生補充道。周琪源試圖抬起手，最終無力地垂下。

最後十天，周琪源食量驟降——過去他會強迫自己吃兩個饅頭，現在卻充滿厭倦。八叔來時，問：「你怎麼樣，好一些嗎？」

「好一些。」

「我上午來，下午來，明天也來。」

「不要天天來。隔三差五來就好。」

最後五天，周琪源處於半昏迷狀態。

最後兩天，完全昏迷。呼吸靠嘴巴張合實現。

最後一夜，氧氣管一直插在鼻孔，嘴巴呼吸咔咔有聲，至後來越來越弱。心電圖最終於二〇〇九年七月八日清晨八時五分變成一條直線。護士焦灼地問：「拿一針麼？」醫生說：「一針有什麼用？快去拿兩針。」搶救無效。周水生懇請做人工呼吸，他們說：「沒有用的。」周水生因此昏厥。醒來時，他兒子已完全是一具小得不能再小的屍身，骨頭像柴禾撐持著塌陷而透明的皮，全身到處留著針眼，手臂蜷曲，五指攤開，嘴巴張到極限，而眼睛睜著。他就像經歷過劇烈掙扎，如今燒焦了——那個騎在他身上的壞朋友，那個任誰也逃脫不了的死神最終掐死了他。

他臨終時的這個場景也讓我想起吉列爾莫．馬丁內斯小說❼《象棋少年》（Acerca de Roderer）裡描寫的天才羅德勒：最後他舉起雙手，手掌張開，似乎在敲著某扇高懸於空中的大門，他用他已經屬於另一個世界的聲音喃喃低語：請給我開門，我是第一人。我想在最後一刻，武漢的門，省廳的門，巴黎的門，上流社會的門，全都聽見他的呼喊。它們曾經聽見青年斯湯達爾的喊叫：「偉大的熱情能戰勝一切……一個人只要強烈、堅持不懈地追求，他就能達到目的。」如今，它們也應該聽聽周琪源的喊叫。

十七

最終是縣城的公安局撫恤了周琪源。住院期間，公安局籌募到五萬餘元，後來又捐了一萬餘元，並一次性地補貼周家一筆錢（相當於周琪源生前十六個月的工資），周琪源的兒子周正陽以後也將享受每月二百六十元的補助。他們問追悼會怎麼開，周水生說已添了很多麻煩，不開。但他們堅持要開，費用他們出。追悼會在南昌嶺上公墓殯儀館舉行，那天，公安局能出動的警力都來了——他們大清早出發，到達的時間比周家親屬都早。

我在北京接到一個過去同事的短信：周起源走了。錯了一字。我心下一閃，好像看見一個人永遠地沉入湖底。二〇一一年四月，我從北京飛到南昌，找到周琪源父親。按照他的指點，我在腫瘤醫院附近小巷找到福建千里香餛飩。大碗四元，中碗三元，

❼Guillermo Martinez,1962-，阿根廷著名作家。

小碗兩元。芝麻和油水漂在湯上，喝起來燙嘴。我吃了一碗又一碗，試圖從中揣測我那死去的同學住院期間為何一直迷戀這種小吃。最終一無所獲。

周琪源留下的謎語時常讓周水生痛苦。我翻閱周琪源留下的三個剪報本，統計出他發表有八百一十七篇報導（包括幾十篇論文、外文報導）。周琪源在某篇文章裡自述發表超過一千篇。這意味著從一九九九到二〇〇九這十年（包括二〇〇四、二〇〇八、二〇〇九三個住院較多的年份），他平均每年發表一百餘篇，每三、四天便有一篇發表。瑞昌市公安局的領導感歎，自從周琪源住院後，瑞昌市局的報導成績便從九江市第一跌至倒數第二。

同時，他英語過六級，自考拿到南昌大學法律本科文憑，考中過研究生，有兩枚「中華人民共和國公安部三等功獎章」及多張市縣頒發的宣傳先進個人證書。

我說：「他做這一切，只為著出走。」

周水生猛然一驚，痛哭不止。

後來我問：「剩下還有什麼麼？」

周水生將我帶到櫃子前，比畫著，說：「原本這裡還有兩米多厚的一堆作品和資料，我們看著實在難受，就叫收破爛的拖走了。」

鎮壓

鎮壓

性愛按其本性來說就是排他的。

——恩格斯，《馬克思恩格斯全集》第四卷（人民出版社一九九五年版），頁八〇

呂偉朝西走的時候，彭磊在朝東走。他們交會時，想的是同一個女人。呂偉想起女人臨別時意外的溫順，「晚上想吃點什麼？」他回答：「可能不回來吃。」她強調：「那路上記得小心。」而彭磊看著小區三樓的一間陽台，上邊掛著一件綠色內褲，那是通行證。可以來了，我老公出門了。

在郊區有一所講堂。十年前它是教堂，屋頂很高，空間遼闊，長著青苔的牆壁滲出陰氣，人進去就像受到提醒，不由自主地肅靜。當扇形的座席坐滿時，那裡像坐滿虔誠的餓狼，包圍著狹小、孤零零的講台。屋頂總有一道大光照下來，使演講者格外暴露，包括嘴角細微的抖動——就像被剝光了，呂偉想。有次他僅僅上去領獎，握手、鞠躬、退台，就那麼一點時間，便心律不整，呼吸急促。

呂偉反覆看演講稿。謹慎的表揚和批評，自己不失風骨，別人不失面子，沒有問題。有問題的是演講時可能出現的狀態。上中學時，他便注意到一位二十五歲的老師容易面紅耳赤。當時他想，一個人過三十歲就不會這樣了，歲月使人臉皮變厚。但現在他四十多，卻仍舊害怕演講。有幾次說著說著結巴了，大腦不受控制，跑出一堆被剝裂的怪詞，讓大家瞠目結舌。他希望路上出點事，交通工具卻毫無商量地將他快速運到——除開在搭乘公車時坐過一站，什麼也沒耽誤。他走進通往講堂的寂靜巷道，心臟跳得怦怦作響。一名擔著豬肉的農夫走在曠野，一隻餓狼跟著，農夫扔得筐裡只剩幾根骨頭了，狼還跟著。呂偉感覺就是這樣，手裡沒幾分鐘了。他進公廁小便，出來後緊張地抽菸。

來早了點。緊閉的大門前聚著一夥人，看見他，帶著沉默的興奮圍過來。呂偉將手插進褲兜，輕輕踩地上的石頭，外表矜持，心裡還在祈禱講座取消（這怎麼可能呢）。有個戴鴨舌帽的人說：「呂先生您好，我是您的讀者。」呂偉點點頭，眼睛裡是天空細密的樹枝，沒看見對方伸出的手。那雙手便尷尬地擱置在半途，不知該繼續擱著，還是收回去。不一會，來了位臉長得像板子的凶悍女子。奇蹟出現了。

「都回去，講座取消了。」她說。

呂偉一時舒泰，凍僵的血液全部甦醒，身上冒出熱氣。怎麼形容呢，就像杜斯妥也夫斯基被押上校場，卻在士兵舉槍前聽到沙皇的特赦令。但幾乎與此同時，一種被羞辱的憤怒也湧出來。也許軟弱的人更易在危局解除後表現出勇氣，他口吃著質問：

「那你們通知我來幹嘛？你知道對一名研究人員來說，時間是多麼寶貴嗎？你知道你們在幹嘛麼？」

「我不知道，也懶得知道。」

「那你說，是因為什麼原因取消了？」

「數目字。」

「什麼？」

「不懂就算了。召集來聽講座的數目字不夠。」

「你讀黃仁宇讀壞腦子了吧？」

「你才讀壞腦子呢，你這老東西怎麼不去死呢？」

呂偉舉起手，想起一生不曾打人，手僵在半空。她抬頭挺胸，說：「打啊打啊，大學者打人了。」他便像蒸汽機嘶嘶冒氣。若不是那夥人過來數落，將她罵得落荒而逃，他還不知要氣成什麼樣子。鴨舌帽一直勸慰，他則不停地說：「她以為吃虧的是我嗎？他們的錢不是已經打給我了嗎？」

這會兒，在他家中，彭磊和女人剛剛上床。

彭磊敲門時慎重地採用了一個節奏，一二三，一下，間隔，兩下，間隔，三下。她打開門，彼此沒有擁抱。門被反鎖時，他甚至感到恐慌，好像是被非法拘禁，要殺要剮由她。說起來他們並不熟，只在網上聊了幾小時。她說：「你瞎站著幹嘛呢？」他才不像一棵樹那樣呆站著，坐向沙發邊沿。

她洗澡去了，廁所傳出嘩嘩的響動。想到水流正一遍遍沖過她赤裸的胴體，他呼吸急促起來，可也感受到另一種壓力，想臨陣脫逃。屋裡長滿眼睛呢，那些沉默不語的家具、電視、茶几甚至空氣都瞪著仇恨的眼看他，它們由男主人購買、經歷，是馴化的結果。他心裡湧起一股鄉愁，想回到自己破敗的寢室。每個人都有塊屬於自己的領地，可以平安地睡眠，赤裸著身體走來走去，而自己悍然闖入的正是別人的領地。為什麼要在這裡偷情，這和獵物自投羅網有什麼區別？這是一種怎樣的過失？

他和她沒有商量過地方，僅只是說她老公上午九點走，傍晚回，他便來了。也許對她來說，在危險中背叛還是樂趣的一部分。她走出來時，偏著腦袋，用毛巾擦拭濕頭髮，旁若無人地尋找梳子。就像和他沒有絲毫關係。尋到茶几時，彎下身，浴袍裡的乳房像兩盞燈亮起來，血沖上他的腦袋。但他沒有動作。他們像初戀中的男女，在接觸前讓心靈經歷了漫長的過程，直到她的身軀乾了，不再有香皂的味道，她才在他粗重而有節奏的呼吸聲中輕輕拉住他。在吉列爾莫．馬丁內斯筆下，這種親密接觸會讓指尖不斷傳來強烈的信號，在全身形成炙熱的潛流。但他感覺的卻是沉沒。這是一雙像牛皮紙殼的中年婦女的手。他感到後悔，倒不是因為道德，而是為著要和她往下發展關係了，他就要陷於這個泥淖，和朝氣蓬勃的姑娘永別了。但他還是努力回捏她的手指，為著完成一種程序。

她舔他脖子，像濕漉漉的毛蟲蜿蜒爬過，「癢。」他說。她更起勁了，幼獸般低呼著咬向耳根。「癢。」他推開她。她便站起，凶狠地看著，踢掉拖鞋。他以為要呵斥，她卻是猛然掀開浴袍，讓肥傲的乳房和寬平的腹部袒露出來。他感覺有什麼東西彈了一下。他們這樣才算是熱烈起來。她跨坐於他雙腿之上，撲著他吻，他偷偷睜眼，發現她緊閉雙目，魚尾紋都出來了，臉就像起伏的火山表皮。她是貪戀我的，如此貪戀，他判斷道。我在給她服務。

「我很久沒做了。」

在床上他這麼說。此前他將前戲做了很久，像面無表情的建築工人，將她身上每個部位都認真地糊上一遍，等到她微閉雙眼，全身起伏，像個饑渴的人哼叫著伸出雙臂，他又來了這麼一句。

「是嗎？」

「有半年沒做，都不記得怎麼一回事了。」

她心急火燎地捉它，往水裡塞。他感覺像要去一場災禍，已看到七、八秒後的場景：她摸著床單上濕答答的漿液，斜著眼，帶著由深刻遺憾帶來的鄙夷說：「這樣啊，我說呢。」因此他屏住呼吸，縮緊腰身，不讓那敏感的東西沾染對方。過了一會，他覺得不好意思，才紅著臉按住她不安分的腰，放馬進去。在通體合一的瞬間，他咬牙切齒，讓身軀像塊巨石緊緊壓著她，「等我適應一下，適應適應就好了。」以她這樣的年紀，早洞察出背後的玄機，但她也有著這種年紀才有的智慧，裝作渾然不知，像處女輕輕抱他，間或深情地在他肩窩吮吸，就像最終愛著的還是他的靈魂。他頗有感恩，想到開店的舅舅，舅舅總是說：想發財就都發財，做生意不是做仇。

走出巷了，鴨舌帽還跟著。呂偉說：「有什麼事嗎？」

「也沒什麼事。」

走就走吧，走到地鐵站，相忘於江湖。他現在很想家，家裡有書桌、床鋪和女人，每次在外遍體鱗傷，就格外想她。每次寫完論文亦如此，衰竭欲死，但只要看眼她熟睡的溫熱的肉身，心下便湧起永恆的寧靜，好像窗外正飄落大雪。他想這次回家得長時間摟住她，什麼也不說，就是抱著她。上午出門前，她曾抱緊他，顫抖著說溫柔的話，好像生離死別了。女人是地震前的一些動物，能準確預感到什麼，雖然這次算不得什麼災禍。

就要跨進地鐵站時，鴨舌帽輕輕拉住他。「有什麼事嗎？」呂偉說。那人搓著手，說：「就是想找呂老師看樣東西。」

「什麼東西？」

「一件啟功先生的藏品。」

「不了，我得回家。」

「這樣啊。」對方苦苦笑著。

「都是假的。」呂偉判斷道，但在對方眼裡的光快要熄完時，他想起這人是幫過自己的，因此沒有真走。「我花不少錢買的，就想知道它是不是贗品。真要是，也就死心了。」說得這樣哀傷，呂偉心軟了，去吧，勝造七級浮屠。地方不遠。那人走得快，像是怕耽誤呂偉的時間，接著又控制不住地歡喜起來，摘下鴨舌帽扇，露出禿頂來，沒有髮根、毛孔，就像一張光溜溜的鼓皮悶在上邊，他真想拿釘子釘下去。就像有人楚楚可憐地找自己借錢，借到手了又忘乎所以，他後悔得要死。**心裡說不，為什麼嘴裡說是？為什麼不拒對方於千里之外？**阿根廷數學家兼文學家吉列爾莫・馬丁內斯是這樣寫的。呂偉想自己在受教養之苦。

他跟著走進一個棚戶區，地面泥濘，石塊像尖刀，到處飄浮著垃圾場才有的味道。鴨舌帽拉了幾次才算是拉開破敗的木門。「呂老師，我給您泡杯茶。」

「不了。」他說，「不渴。」

鴨舌帽拿出那幅書法，剛一展開，呂偉便輕蔑地判決：毫無價值。對方驚愕不堪。

「潘家園這樣的東西只賣三十塊。」呂偉補充道。即使是無價之寶，他也會這麼說，何況本來是贗品。「我得走了。」他說。對方呆站著，像鵝一樣晃著失落的腦袋。可剛剛出門，這人便衝出來叫喚：「快來啊，大家快來啊，著名文物學者呂先生來了。」呂偉有些惶恐，四周是寧靜的，接著便聽到各戶深處躁動的聲音。不一會這一片收破爛的蜂擁而出，摟著座鐘、銅佛還有老舊的衣服嘰嘰喳喳圍過來，爭先恐後，不停說：「你看這個值得多少？」

「我要走了，真得走了。」呂偉心裡因為悽苦而抽搐起來。好像情人正看著手錶等在去遠方的火車站，而自己被鄉下的朋友一杯杯地勸酒。

彭磊很久才敢緩緩動作，覺得不行又停下，直到真可以了，才採取對她來說足夠刺激對自己而言又沒多少摩擦的動作。音響放出昂揚的交響樂後，他靜聽一會，猛然按照節奏，連續衝刺，她像被殺害了，四肢翹起，尖叫起來。

「你壞。」她捶打他，聲音是少女才用的假聲。他嘿嘿笑著，像個強姦犯，又大刀闊斧地弄，她搖頭晃腦，全身扭擺，直到把眼淚也甩出來了，「你壞。」

「厲害吧？」他說。

她吱吱地笑起來。他覺得是在恥笑剛才自己的緊張，憤恨地咕噥。她眼如桃花了，迷離地問：「你在說什麼呀？」

「賤人。我說，賤人。」

「我喜歡你這樣叫，你叫。」

「賤人，賤人，賤人。」

他弄得背上出汗了，說：「我想射了。」

「不。」

「可以了，我累了。」

「不嘛。」

「我真的累了。」

「那就歇一會兒。」她拍打著他的背部，聲音蒼老、疲倦得像尖聲細氣的老太婆。

後來他抱著她，靠在床頭，看牆上掛著的油畫，夕陽映照在無邊的海面，像有一條金黃色的道路通往沙灘，一對衣著整齊的男女背對著他們，像他們這樣摟抱著坐著。室內正飄蕩著〈Betty et Zorg〉，一部法國電影（《巴黎野玫瑰》Betty Blue）的配樂，稀疏、緩慢、深遠。他極其平靜地看著她髮叢後邊數根白絲以及保存完好腐爛在即的身軀，心下生出永恆的寂寞。就像他們孤獨地活在荒無人煙的加油站，相依為命已久。這是這天出現的唯一詩意的時刻。接下來他聽見女人下體尷尬地嘔出一股聲響，是被壓縮的氣體從體內排出。陰吹。他下床去撒尿，尿水黃黃的，泡在馬桶裡，在有一些尿到地上後，他用紙擦了。

地鐵在甬道高速行駛，猛然煞車，齒輪長久地發出撕心裂肺的摩擦聲，好像長指甲在黑板一路擦刮。原本仰著臉一動不動擠在一起的人們，個個探出腦袋，緊張地看著車窗外黑魆魆的前方。不知道出什麼事了，或者，更可怕的是，不知道要發生什麼事了。呂偉心跳加速，想到可能的爆炸物，也許有位穿迷彩服的人正抱著滾燙的包裹爭分奪秒地奔向防爆桶，一條健碩的狼犬蹦跳著追隨。也許巨大的氣浪要將整個地鐵站翻過來。他掏出手機撥打女人電話，想說，我愛你，無論如何，你要記得我愛你。

但地鐵沒有信號。

不久，車燈像日光燈那樣忽閃忽閃，一下亮了。一陣毫無感情的青年男子聲音通過廣播傳來：剛剛有人跳軌身亡。哦，他放下心來，嘴裡說：「要死，什麼時候死不好？死在哪不好，死在這兒。」每個人也都這樣埋怨死者。大約一刻鐘後，地鐵重新啟動，停靠到站，他走下來，看見的場景和往日任何時刻看見的一樣，乾淨、沉默、規整，有著永遠微笑的廣告美女和行色匆匆的路人。只是在一處的鐵軌和牆壁上有著新鮮水印，它們一定是沖走了噴濺出的血跡。一具軀幹就在剛才被齒輪切割得整整齊齊，工作人員仰著脖子，眼望著天，像抬一袋發臭的垃圾那樣倉促抬走它。要是有化屍水的話，他們一定願意將它當場化掉。一個人消失掉了。沒有姓名、性別，也沒有年齡。對一切沒死的人來說，他毫無價值，不值得紀念，只是個耽誤人出行的麻煩，就像地鐵運營負責人講的，乘客跳下站台，影響的不僅僅是一列列車的運營，更是大量市民的正常出行。

難道一點悲傷都不應該有？呂偉忽然感到不公平。走出地鐵站後，陽光猛烈地照向他這具運轉正常、生機勃勃的身軀，使他覺出極大的不真實。因此在走過花店後他又折回來，買了束菊花，回到地鐵站，將它放在地上，並像真正的默哀者那樣看著光溜溜的鐵軌。

「你幹嘛停下來？」女人說。

彭磊雙手筆直撐著，雙腿併攏，身體弓成一座橋，腦袋偏過來望天花板的大頂燈。

那是只圓燈，散發著乳白色的光芒，如此安靜，沉穩，以致讓他心慌。就像它是隻得了白內障的巨眼，深處藏著一枚無形而敏銳的小眼。

「你看它幹什麼？」

「我覺得裡邊是不是有針孔。」

「神經。」

女人抱住他頭顱，將它扭過來，「看著我。」但他還是扭過頭去，「我有點害怕。」

「怕什麼？」

「總覺得不安全。」

「有什麼不安全的，這一天都屬於你。」

「我怕他回來了。說不定那個講座取消了。」

她笑起來，「講座取消了，他來去也得兩小時。」

「你看現在距離兩小時只差十分鐘了。」

他指著牆上嘁嘁嚓嚓走著的鐘，那玩意兒走起來就像鍘草。他像處在大霧之外，聽見馬蹄聲漸近，卻不知它們在哪裡，「外邊只要車輛一煞車我就怕，隔音也不好，連電梯門關上的聲音我都聽得見。」

「他沒車。」

他還要說，她已溜出來，推翻他，自己跨坐上去。他悲哀地看著她像個碾磨，前前後後地碾自己。他們身體結合處發出單調乏味的聲響。一切變化為程序，就像打撞球，開始還想推球入洞，後來靈魂像是被球桿操縱，再也找不到得分的興趣，僅只是桿子伸出，手臂便得跟著擺起來。**每次不得不這樣打下去時，心裡都會湧出一股不如去死的噁心**。他想。他甚至想到小時在家壓水泵，壓一下出來一小捧水，而水缸是那麼大。這女人就是一只巨大而無法饜足的缸。她說：「我就喜歡你這樣不急不慢的，我們就像沿路看風景，一路走走停停，看了很多。不像他，一上來就直達目的。」

「他把你當性器了。」他本來還想說，而我們是互相愛著，但沒說。那東西現在感到疼痛，就像有隻雞盯著不時啄上幾口。他想交貨，可越這樣想，衝動便跑得越遠，像記憶裡極其模糊的東西，怎麼也捕捉不回來。他覺得這是病。不能射精就像不能出汗一樣，不是病麼？他捏住她的腰前後搖動，哼叫著，假裝很興奮，「用力點，加快速度。」

呂偉買了一捆藍色玫瑰。

以前沒見過玫瑰還有藍色的，這次見著，歎為觀止。他以為是漂染的，用手指搓捏花瓣，卻是辨別出它的貨真價實。說起這造物的神奇，即使是世上最好的染匠，也染不出這樣的顏色，即便天空與大海，也到達不了它的輝煌。它沉穩嚴肅，含蓄內斂，卻無處不展現靈魂深處的妖豔；說輕佻熱鬧，招蜂引蝶，又能從骨子裡辨別出恆久不渝的忠貞。這就是對她的比喻。誘惑與莊重，矛盾的統一體。

我愛你。他心裡想。她從十九歲跟他，經歷過吵架、分手、復合和平淡，生活了十三年。現在他感到愧疚，她是將整個青春——那人生最好的幾年——付給他，而他這些年來孜孜不倦的不過是狗屁不是的研究。一堆出土的文物，十幾篇論文，一些破爛的名聲，這些很重要麼？在和她好時，他發誓要像奴僕或者爸爸一樣呵護她，但僅過三個月，他便從床上跑下來，為著突然出現的靈感挑燈夜戰。現在，他既沒有成為歐幾里德、達爾文，也沒有成為牛頓、尼采，仍只是一名微不足道的文物研究員。那些文物是前朝的垃圾，自己不過是垃圾的寄生蟲，而她跟著自己老了，不再是那個站著身上就能冒出青氣的孩子了。

花店的姑娘氣喘吁吁跑過來，攔住他，說：「先生，這錢不好使。」

「怎麼不好使？」

「你看，差一根金屬線。」

「這裡有金屬線的麼？」

「你看這張，這張就有。」

他們對著陽光分辨，手指像鑷子夾著兩張人民幣。

「這絕對是真錢，你摸摸。」

「我知道是真錢，可是先生，我們好難找得出去。」

「那是你們的事。」

「先生，你說，我只是一個打工的。」

她說著哭起來，雖然沒有眼淚，表情的哀傷卻是真切的。他心想不是大事，換掉一張。那姑娘便跟他鞠躬，像個小駒子跳走了。他等到公車，這次不會坐過站，他當然清楚自己小區所在的那站，但車輛搖搖晃晃開到一半，輪胎爆炸了。第二輛公車跟上來，命令他們上去，為著不擠壞花朵，他決定等計程車。

說起來今天真是不順。在呂偉走進小區後，一個哇呀呀叫的小孩又騎著自行車衝來。小孩懂什麼事？他倉促跳進旁邊花壇，皮鞋沾了好些泥。他掰斷枝條，耐心刮鞋上的泥，又在地上來回搓，直到差不多了，才走回去。他按了幾遍電梯，電梯總是停在十樓。門口有輛搬家公司的車，哦，一定是有人搬家。呂偉出來走樓梯道，他往上走沒有聲響，人家往下走卻是踢踢踏踏，有著解放才有的歡快回響。

那是彭磊。十幾分鐘前他完成射精。在那奇怪的瞬間，他像旁觀者看著自己房子似地瘋狂晃動，轟然倒塌。此後，他像屍體躺在戰場，聽任她像豺狗搖著尾巴將陰莖存留的精液舔吸乾淨，天空飄落大片灰暗，地板浮起更深的灰暗，他空空蕩蕩，虛無縹緲，無可念之事，無可想之人，可以死，可以活，極為消沉。當她繼續觸碰他時，他感到厭煩。就是和這樣一個女人度過一上午，就是和她。來之前口乾喉燥，結束了破敗蕭條，形同骷髏兩隻。

僅僅覺得要懂點禮貌，他沒有立馬下床。而女人像吃飽而未盡興一般，側臥在他腋下，捉著越變越小的東西，不時抽插。她提議給他做頓飯。

「不了，我得回家。」

「才十二點不到，你急什麼。」

「真的有事。」想想，他又補充，「我倒想沒有那事，我哪裡捨得走。」

「什麼事比我還重要？」

她的眼神在失望和憤怒之間跌撞。他盼望她判決他，讓他滾，嘴裡卻綿軟得不行，「是真的有事。」一時編不出事來，又說：「下次我還來，乖。」她這才將信將疑地抱他，像隻小豬在他胸脯拱啊拱。而她剛一鬆手，他便像訓練有素的軍人，跳下床，幾秒鐘穿好衣服，蹬蹬皮鞋，扭開門溜了。

外邊空氣真好啊，外邊空氣是流動的，從遙遠的海邊和森林飛過來，穿過他的肺。他噔噔噔地下樓。手機猛然響了。一定是她打來的。女人怎麼這麼煩呢？他壓抑著憤怒說：「好，我這就上來。」

在她家門口，她一把抱住他，啃他，她的眼睛閉得死死的，舌頭攪來攪去，一副爛醉如泥的模樣。他被迫跟著攪和幾下，卻是攪得她興致更高。他就不攪和了。她品嘗夠了，依偎在他胸前，軟軟地撒嬌：「瞧你慌的，也不吻我一下就走。」這時候，一個男人悄悄站在他們身後，捏著一捆玫瑰花，因為手劇烈抖動，那些花瓣像是被狂風吹過，發出窸窸窣窣的聲響。

「你們坐著。」

呂偉反鎖好門，取出櫥櫃裡的白酒，咕咚喝了半瓶，面無表情地說。他們蹲在沙發邊。呂偉走進雜物間後，女人湊過來，要握彭磊的手，他偏過頭，移開一定距離，女人便搖他膝蓋，他撣開它。沒必要再掩飾嫌惡了，就是她，在這麼久時間內連保險套也不知道收拾，事情本已過去，偏生又打電話。也許這麼想可以緩解內心的忐忑，在轉身看見氣得險乎中風的呂偉時，他大腦空白，陷入到極度恐懼中，像個會執行簡單命令的機器人，他命令朝哪走，他便往哪走。進正廳後，他還用眼神請示，是朝臥室走還是應該待在正廳。「你們坐著。」呂偉命令道。

在彭磊的注視下——這會兒他就像被綁縛的牛，看著屠夫準備刀具——呂偉擺好一只長桿檯燈，插上插頭，按開關，將燈光照到他們臉上。呂偉的手總是顫抖，後來沉穩多了。是盞高瓦數的燈泡，光芒像灼熱的銀針一根根刺進他們臉龐，使他們分外戰慄。

這是要幹什麼呢？

呂偉拖著長鞭，提著一把閻錫山部下軍長用過的德國造短槍，走向正對他們的藤椅，用槍抹掉椅上的玫瑰花，坐上去，或者說是躺上去。他仰著頭，胸腔起伏，大口喘氣，不一會神情衰竭，瞇著眼將槍口抵到下顎處。「別啊！」彭磊展開雙手低呼。

呂偉像是從久遠的睡眠中醒來，睜眼仔細辨認他。槍隨後垂下來，在指尖顫動，若有若無地指著彭磊，後者因此跪下去。而女人似乎是第一次認識到有這樣一個丈夫，眼神既驚詫又憤怒，既失望又恐怖。她對他沒把握了，不能掌控他，不再是相濡以沫的夫妻了，裂痕一打開，永無修補。就像有次在夢中親熱地抓媽媽的手，媽媽說：「你是誰啊，走開。」

「脫。」呂偉命令道。

「什麼？」

「脫。」

彭磊看了眼女人，覺得不可思議，但女人是理解的，她咬著牙，臉色紅透。彭磊又用眼神諮詢呂偉，後者陰沉地笑著，將槍口指向他一隻眼睛。他試圖避開，該死的槍口又總是準確指回眼球，因此他恍惚了，覺得槍口像黑井，越長越大，自己都可以爬進去。不一會，他猛醒過來，心急火燎地撕扯衣物，好像晚一秒都要壞事。他光著身子，討好地看呂偉。呂偉給他眼色，他便像家奴焦灼地催女人。女人捉緊浴袍，瑟瑟發抖。「脫啊。」彭磊輕聲說。

在她也脫光後，呂偉將槍放下，擺動鞭子。彭磊知道要鞭打他們，可能還會用皮鞋踩踏。這一切都是應得的，也是呂偉他應該做的。沒什麼。英國哲學作家艾倫．狄波頓說：觸怒之後立刻發火是最為寬宏大量的，因為這樣可以使冒犯者不會過於內疚，也不需要生氣者息怒。對彭磊來說，判決雖然來得有點晚，但總比一直等待好。判決來了，事情就會結束。打吧，鞭打我吧，度過這一刻，度過這一天，從明天起，砍柴餵馬，關心糧食和蔬菜，好好生活，鍛鍊身體，甚至比以前生活得還要新鮮、茁壯。彭磊想湊上去接受這鞭子。一切懲罰終歸是仁慈的，都可以換算為固定的時間，早點開始意味著早點結束。這是倒楣的一天，但不是最糟糕的。

「接吻。」呂偉命令道。

「什麼？」

「他叫我們接吻。」女人搖著頭說。

「怎麼接？」

「就是接。」

她顫抖著將身軀湊來。他往後退，聽到她喊，「接啊。」他看到這張已完全陌生的臉閃現出極度失望才有的悲哀。她和那個他建立了深刻的仇恨，又覺得這個他不能爭半點氣。她閉上眼，眼皮形成的褶皺清晰如木刻，臉色蠟黃，像病了很久，病得透明了。彭磊背著雙手，哆嗦著嘴湊上去，黏了對方嘴唇一下。

「要攪。」呂偉說，「用舌頭攪。」

「不會。」

「剛剛你們不是會嗎？」

「不好。」彭磊搖晃著低垂的腦袋。

「你聽不聽話？我許可你做，為什麼不做？」

這時，女人果斷捉住他腦袋，用舌頭撥他嘴唇。他掙扎著，她抱得更緊。他感受到那動作裡不容分說的力量，意識到她才是逃亡途中的指導者，得聽她的，便讓舌頭進來了。讓她攪。她喉腔裡有股複雜的惡味，好像在嘔腐爛的花生醬。

「你也得攪，不能讓她一個人攪。」

彭磊艱難吐出舌頭，它像綁了重石，勉強才進了她口腔。她的牙齒像釘書機，死死釘住它。他搖她胳膊，她咬得更厲害，像要連根拔起。他唉呀唉呀叫喚，卑賤死了，她才鬆口。

「好了，你們可以鬆開了。」

彭磊鬆弛下來，心下湧出成就感，好像任務完成了。他聽到呂偉評論：「我自己接吻時，覺得真他媽美。在街道上看見別人接吻，閉著眼，又像兩個傻逼一樣吸來吸去，我就感覺是兩條狗。」

「是啊。」彭磊說。他還想說，吃泡麵也如此，看見別人吃口水橫流，自己吃索然無味。可這是錯誤的比喻，而且現在的身分也不便多發言。但勁兒是在的，他討好地看他，想他給出個手勢，讓自己走。

「做愛。」呂偉命令道。彭磊悶了。「什麼？」女人尖叫起來，「你也太過分了吧？」

「你怎麼不說你過分呢？」

「我就是跟他做了又怎樣？難道你還能把我殺了不成？」

彭磊緊張地看著。也許廝打起來才好，自己可以穿上褲子，悄悄消失。但是，噗，一根無形的直線從藤椅那邊飛出，鑽進沙發。幾根羽毛和著硝煙飄出來。子彈射進去，就像射進鴕鳥巨大的肉身。站起來的女人搖晃著軟下去，瑟瑟發抖，眼神驚恐地看著呂偉。彭磊嚇得站起來，忽而懂了，撲到地上不停磕頭。

「沒事。我不會傷害你們，只要你們聽話。」

「我聽話。」彭磊說。

「那就快。」

彭磊爬過去掰女人的身體，她縮得緊緊的。他便安慰，「聽話，聽話。」女人的臉逐漸木然，身軀像彈簧失去彈力慢慢鬆開。她將它交出來時，就像交一個別人的身體。呂偉興奮了，提槍走來，扳過檯燈，使光芒照射得更清楚。「做啊。」他鼓勵道。彭磊輕輕壓在女人身上，她偏過頭，眼神僵硬。

「硬不起來。」彭磊說。

「那把它弄硬了再做。」

彭磊翻下身，坐著，用右手包住陰莖，不停套弄，有幾下似乎有膨脹的意思，但一看到對方好奇的眼睛，便更快地軟下去。那緊盯的眼神出現一些怒火。彭磊戰慄著繼續套弄，說：「硬不起來，你看，就是硬不起來。」

「硬不起來也做。」呂偉踢他屁股，走回到藤椅上，「做！」

「怎麼做？」

「你們平時怎麼做就怎麼做。」

「我們今天才第一次做。」

「那就按照你們今天做的再做一遍。」

彭磊將蔫不拉嘰的東西貼準那堆硬草，拱了幾下，動作僵硬，不知怎麼繼續。他想，當性愛在私密而平安的環境發生時，響鼓不用重錘，他和她會自發地完成很多動作，而當這個環境失去，被人審視著，不得不採用一種解剖的方式交歡時，每個動作就會變得支離破碎，突兀而恐怖。沒有比這更難堪的事了。

「認真點。」

他裝著很用力，將腰間的軟物一遍遍砸向她。就像是在毆打她，他沒有手，沒有腳，沒有腦袋，沒有別的武器，只能用腰來攻擊她。而在呂偉要求下，她也像死魚那樣，沉默地喊：「啊，啊，啊。」呂偉說：「大聲點。」她便大聲喊：「啊，啊，啊。」像是病人張開嘴讓手電筒照射舌苔，遵照指示喊叫。

「喊快點。」

她便像複讀機大聲而快捷地喊：「啊啊啊啊啊啊啊。」

在這個下午，呂偉一直像國王坐在藤椅上，撕碎每朵玫瑰花的花瓣，直到手裡剩下一根根禿稈。他發出簡短的命令：

傳教式—騎馬式—六九式—側入式—摟抱式—老漢推車—雞姦—足交—胸推

彭磊每模擬完一個體位，就重新衡量一下懲罰的長度，覺得結束的時間可以期待。

但在呂偉泡了一杯熱茶並細心吹拂滾燙的茶葉時，他心間的希望全然熄滅。他意識到這是恆久的任務，不再掙扎，像薛西佛斯那樣疲憊地將石頭推上山，又麻木不仁地看著它滾下。再把它推上去。周而復始。彭磊甚至覺得很久以前他就在幹這份工作，以後也會如此，就在這裡不停地用失效的器具性交，從早到晚，從春季到冬季，綿延不絕，走向永生。

她也如此。不反抗，不吵鬧，一直沉默地躺著，讓他沉默地操。很寂寥。只有呂偉間隔發出一兩聲乾笑。彭磊一直沒有勃起，即使是女人替他口交。他曾暗自縮緊括約肌，想讓自己多少能硬起來一點點（僅僅為了證明自己還是個男人），但失敗了。女人下身乾得像爐子，他也陽痿了。他們身上屬於人類的快感，那一部分讓人在苦難世界勉強活下去的快感，不可阻止地消失了。二戰時，德國軍官將一對孤男寡女赤身關進一間監禁室，放冷氣，迫使他們擁抱，並進而發生性交。但他們擁抱後並未做出曖昧舉動，氣溫回升後，他們離開彼此，像兩塊石頭默然相處。他們在這意外恩賜的自由空間裡沒有任何性慾。不是為了不去性交，而是本身就沒有性慾。他們的性慾因為摧殘被切除了。**我也被切除了。**彭磊想。**現在這雞巴就像一段闌尾。**呂偉評點道，「真像兩條狗，一條白點，一條又黑又瘦。兩隻狗。」接著，他站起來走動，一切似乎要結束了，卻又從抽屜翻出按摩棒，插好電，讓它嗡嗡叫著，遞給彭磊，「刺激她。」女人像要炸了，全身劇烈顫抖，終究又像沒有噴發的火山那樣回到靜默的狀態。因為呂偉跳來跳去，朝著沙發連射數槍，「瘋了，瘋了，你們還敢不聽話。」

彭磊握住按摩棒的手抖動得厲害，粉紅色的它沒辦法對準。「張開點！」呂偉凶狠地命令道。女人看了眼自己下身，麻木地張開雙腿，爾後像是失去靈魂，躺在那裡。按摩棒在侵襲她最私密也最要害的部位時，她仍如此，好像死了。她死了，眼神直勾勾，皮膚冷硬，唇角緊扣，沒有痛苦，沒有反應，什麼也沒有。但在呂偉捉住彭磊的手，猛然將按摩棒朝裡捅後，她條件反射地坐起，真實、準確、依靠本能地喊了一聲。聲音像尖刀插進彭磊的心。接著她轟然倒下。

彭磊跪在地上，無聲地嚎啕。眼淚從她眼窩悄無聲息地湧出來，就像人死去必須將體內所有的水分都排出來一樣。呂偉揪她頭髮晃蕩，「裝。」他剛一鬆手，她便猛然側過身軀，毫無節制地嘔吐起來。她早上吃的雞蛋、麵包、蘋果醬，昨晚吃的魚、番茄、牛肉、辣椒，以及她的膽汁，像餿水一股腦衝出來，落在地上，鋪溢，凝固，重新顆粒分明地清晰起來。口水掛在她岩石一般的下唇。彭磊直到這時才知他和她是可以結盟也值得結盟的，是可以因為悲慘命運而相伴一生的。他去摟抱她，被推開。

她推開彭磊，對呂偉說：「好玩嗎？」

呂偉也說：「好玩嗎？」

接著呂偉憤怒地補充：「以後還玩嗎？」沒人回答。呂偉暴躁地揮動手臂，許久才清晰地說：「滾！」彭磊憂心忡忡地看著她，呂偉連續喊著滾，他仍然不走，直到女人用一種相隔遙遠的眼光看他，說你走吧，他才站起身，緩慢地穿好褲子。一切結束了。失敗的戰士穿好褲子、上衣，將腳踏進皮鞋，茫然拉開門。

後來，當女人推開窗戶，讓過堂風吹進來，僵硬站著的呂偉才醒酒。他手裡有把擦得鋥亮的民國舊槍，槍口殘留嗆人的味道，但不記得發生過什麼。就像柯立芝❶說的，一個人夢中去了天堂，醒來後手中捏著玫瑰。**我都幹些什麼了？**呂偉茫然失措地看著女人收拾家務。她將陽台晾著的襯衣、裙子、內褲取下，就著膝蓋一一疊好，還是個賢妻良母，但在一件牛仔褲怎麼也塞不進包裹時，她伸出旅遊鞋猛踩，直到腳和褲子一起踩進去。她將廁所的牙膏、牙刷、眉筆、唇膏撥進小包，嫌大的，朝牆上扔。

他惘然若失。像財主看著家產一件件搬走。一會兒她就不在了。「幹什麼？」他

❶Samuel Taylor Coleridge,1772-1834，英國浪漫時期著名詩人。

說。她走進臥室，他過去捉她，「你到底要幹什麼？」她喊：「滾開。」聲音像鈍刀殺進前頭的空氣。

「你這是怎麼了？」

她捉開他的手，走到床邊翻枕頭、床單，沒找到想要的東西，便背上雙肩包，提起塑膠袋朝外走。她往哪裡走，他就堵向哪裡。「滾開。」她說。

「好好的為什麼要走？」

「滾開。」

「這事情說到底還是先錯在你。」

「滾開。」

他想讓路，愣著，直到她大叫：「我叫你滾開呢。」才尷尬地閃開。她不做任何停留，筆直走向門外。以前有次她也是這麼走的，到門口突然跺腳，大哭大鬧：「呂偉我看錯你了，我現在知道就是連你也不要我了。」

這次她很快消失不見了。

走吧，走吧走吧，那就走吧。

可十幾分鐘後他又像條狗跟在她身後。路人停下看，他不好意思，但還是跟著。她翻過護欄，走進環線公路，他還跟著。他躲避著飛馳的車輛，站在馬路中央喊：「你要去哪裡？」

「管得著嗎？」

他跟著跨過那邊護欄，隆重地說：「秦婕，聽著，這是我最後一次求你。」

她頭也不回地朝水泥坡上走。

「最後一次求你了。」

她爬到頂上的馬路。

「最後一次了。」他將槍頂向太陽穴，「最後一次。」

她轉過身來，看見他的食指搭在扳機上，嘴角抽動一下，沒有說話，只是用力提提鼓囊囊的塑膠袋。然後他扣動扳機，像棵被砍倒的樹直通通倒了，她癱軟下去。槍還在他手上，沒有槍聲和硝煙。子彈早打光了。她開始沒完沒了地哭，嘴都哭癟了，「你要我怎麼跟你生活，你讓我害怕，知道嗎？你讓我怕得要死。」而他帶著歉意爬上來，抱起她，蹭她，說：「我不要你走，不許你走。」她讓他蹭著，像石雕的烈士獨立寒秋，茫然看著灰暗的天空。

這時，彭磊走到一個小區，一群人仰著頭，像烏鴉嘰嘰喳喳聚在一起。他決定歇息片刻，他已像孤魂野鬼遊走兩小時了，就像左腳邁出，右腳就必須跟上，就像走是唯一活著的必要。他路過小吃店、攤販、公車、騎三輪車的窮苦人，還有貼在電線杆上的性病廣告，它們都與這世界有著黏稠的關係，唯獨他被丟出來，在街道分外醒目。光陰黑掉，像腐爛的水果，黴斑若隱若現，讓人陰沉得要命。但是聚集在樓下的人抽著菸，興奮地交談，像是要趕個早市。在六樓鋁合金窗外，有個裸體男子雙手捉住窗台，用腳踩著一台搖搖欲墜的空調。它無法承載一個成年人的重量，他卻總是試圖讓雙腿完全落在上邊——晃動使他驚恐地收回那條試探的腿。他又想讓這條腿踩住凸出的牆沿，但是太窄，連鞋面也兜不住。他深吸一口氣，想依靠手部力量翻回到窗台內，空調再度晃動，一根螺絲無聲地掉下來，他的腿連窗沿都沒搆上。

接著他又想讓腿落在牆沿上——剛剛明明已試過。他的支撐腿緊繃，像兔子剝過皮的腿，肌肉隆起，微微發顫。手則摳住窗沿，像要摳進瓷磚裡。間或他還會專心呼一口粗氣。

「跳啊，你倒是快跳啊。」

人們開始呼喊。不知誰先打起拍子，所有人跟著打起來。那人一直像老鼠東張西望，不停目測牆沿、空調和窗台，有時還會警惕地望一眼窗台裡。人們煥發出更大的激情，像是要喚醒在火災中熟睡的人，以更大的聲音一起喊：「跳啊，跳啊，你倒是跳啊。」這來自大地的恢弘力量，像岩漿一層層、一節節，極為有力地向上湧，終於催動他的耳膜。他猛然抖直身軀，朝下望來，麻木，驚慌，絕望，孤獨，哀傷。這眼神就是我，這人就是我。彭磊撥開別人，走了。我就站在這最後的幾分鐘、幾寸地裡，我看見的最後天空，像往日一樣遼闊，可以憑魚躍，任鳥飛，卻是關起遙遠的門。我看見的最後土地，熙熙攘攘，所有人是劊子手。

彭磊走著走著，發瘋地跑。上牙齒磕下牙齒，喉嚨不停咳嗽，汗水和淚水糊了一臉，肉身像是無形了，還是沒能躲掉那心底早已出現的一聲呼喊。它就像煙花點著火，在空氣中極其響烈地飛竄，追上他，越過他，消隱在遠處。

啊。

接下來應該還有一聲沉悶的響動，就像一袋水泥撲到地上。

發光的小紅

發光的小紅

周公恐懼流言日，王莽謙恭下士時。

——白居易，〈放言〉

此奴終身發軔之始，不可草草。價由母定，客則聽奴自擇之。

——蒲松齡，《聊齋志異・瑞雲》

「我已經老了。」

他一直揉搓腦袋，打過慕絲的頭髮亂成一團，不久，一滴黃泥從他眼窩下深重的褶皺裡滾出。是淚水。在昨天的面試會上，他戴著粗金項鍊、鴿蛋大的鑽戒，以一副我養著你們的氣勢掃視眾生，對我說：「我知道你好賭成性。」今天卻像條可憐的狗蜷縮在我面前，反覆說他老了。我覺得我他媽才是老得不成樣子了。

他說：「這件事至今還讓人不敢相信，卻是確切地發生了。」隨後他跟我講了這件事。

二十年前，天空比現在還粗鄙，整個社會充斥炫耀的氣息，我是一名清瘦的詩人，將自己養得又窮又倔強，不過在終於有重金意外掉下時，還是淪陷進去。寧波商人胡海雲僅因為在《詩刊》上看見我的一首長詩，派司機千里迢迢來接，讓我給他寫一部傳記。我允諾了。

這是一名讓人不寒而慄的司機。個子粗矮，右眼皮留著疤痕，黑黃的臉坑坑窪窪，像是有不少肉蟲隨時要鑽出來，而且後腦勺處有塊斑禿。他不吭一聲，敲開我家的門。我問是不是胡先生派來的，他點頭，然後帶著我飛馳。他一直專注地把著方向盤，看前方，我怎麼說話，他都只慢騰騰地嗯。如果不是車輛顯得氣派，我會以為他是將我拉到屠宰場默默殺掉。

胡先生的莊園建在離海遠點的鄉下，將一座山包圍起來，山上的水壩將湍急的水流穩重地分成五道，從雕成龍口狀的管道放出，砸落於底下水潭。園內植大量青竹。在夜晚，琉璃瓦上的彩燈點亮，配合法式街燈，使竹間的小徑猶如夢境。沿石徑走，穿越拱橋，便會找到一塊半個球場大的露天劇場。可以放電影，辦舞會，也可以聚賭。就是在那裡，我的一生開始毀滅。

我以為胡先生會像電話裡那樣熱忱，老遠出來迎接，但是到達他的辦公室前，我被命令等一會兒。大約二十分鐘後，他送客出來，才順便握了下我的手。「我是……」還沒等我介紹完自己，他便鬆開手，轉頭說：「娟，招呼一下他。」然後走回辦公室。這讓我幾乎馬上要離開。這些老闆就是這樣，習慣於將任何人當成棋子安排，一旦談妥，全無尊重。但我還是跟著他的女祕書走了。我得說服自己是來賺一筆可以養我五年的錢的。在那書房果然擺著五萬元訂金和三條中華香菸，當然還有一堆關於他和紫檀的報導資料。

「你吃和住都在這裡，寫到什麼時候都可以。」她說，然後走了。她穿著海關制服一樣的白襯衣（戴軟肩章），紫藍色短領帶，沒有繫胸罩。因為是個呼吸和說話都急促的女人，乳頭總是大規模挺上來。當她轉身而去時，套裙下的長腿像豹子般邁開，高跟鞋極有節奏地釘向瓷磚地面。如果不是眼睛沾染上他的傲慢，臉上也撲許多粉，她一定是可愛的女人。誘敵深入又拒人千里，我這樣想。

第二次見胡先生是在食堂。我一直在這裡吃，以為是安排下人飲食的場所，這天見著才知是他的禁臠。他拉著當地日報總編的手，介紹大廳的巨畫出自張大千。進包廂後，我們便見牆壁掛滿他與各種聞人的合影，其中一位說來頗讓人不安。

「你現在坐的位置就是當時他坐的。」胡先生說。總編騰跳起來，被胡先生按下去。

很難想像，這些燕窩、鮑魚也是那個粗鄙廚師做出來的，他平時也給我做些普通蓋飯。胡先生拍著廚師的肩膀說：「這是我多年的隨扈。」這正像胡先生抽的菸，仍是一塊八一包的大前門。「重情。」總編豎起大拇指說。

「是順手了。」胡先生說著，將手插向女祕書領口，「不過這個還是新的好。」女祕書將他的手打下來。但在我蹲下去撿筷子時，看見她的手插在他拉開拉鏈的褲內，像蛇一樣游泳。後來，我終於說：「胡先生，如果有時間我們可以聊一下麼？」

「聊什麼？」

「我寫傳總得和你聊一下的。」

「你就隨便編，別問我。」

他大手一揮，將它搭在總編肩膀，哈哈大笑，後者雖毛骨悚然也陪笑起來。我不知他們笑什麼，心想編吧，倒別脫。但他似乎猜出來，指著我說：「你要編不好，剩下的五萬就不給你。」我告誡自己不要開口，我就怕自己一激動站起來說：「連這五萬訂金我也不要了。」但我的眼睛分明因為自尊受傷而鼓突，臉色也紅了。司機拍打我的肩膀，說：「你怎麼這麼不懂事？」他說得極為嚴肅，就像要將我鎮壓得死死的。這是此前此後我在莊園聽到他說的唯一一句話。我想他過去是做軍人或者黑社會的，對忠誠有著粗硬的信仰。

國慶將至時，我習慣了這裡的生活，任務也完成得差不多。莊園上下開始布置。竹子紮上彩紙，小徑邊擺花盆，一條綿延的紅地毯從門口鋪到露天劇場。司機開大巴接來一支純女子樂隊，她們穿黑色長裙，提著松黃色的大提琴、小提琴、長笛，像鳥兒一樣散開，又聚攏，坐在竹林深處演奏。不久調酒師、燈光師以及其他人等也趕來，將此地弄得像巴黎郊外上流社會聚會的庭院。十一當天，那個叫娟的女祕書穿著紅得發紫的旗袍挽著胡先生，一整天站在莊園門口，像女主人那樣面帶職業微笑（這是她心底真實的微笑，因此比一般職業微笑還要用力），歡迎那些自己開車或由劉師傅接來的貴賓。他們或從政，或從商，或琴棋書畫頗有聲名，或高居山廟是眾多女人心靈上的父，穿著溫文爾雅，走來走去，來回碰杯。

而我不敢到案台取走一杯。假如酒保問，我定然沒法解釋，說起來我是客人卻更像下人，穿著一件有點皺的襯衫。我想回書房修改作品，卻耐不住喧囂，這樣站著又尷尬。是日報總編路過時將我肩膀挽住，他什麼也沒說，僅以肢體語言表示，不要害羞，這是你應得的。我因此取到一杯像桃汁的酒。我很感激這來自長者的庇護。在他消失於一堆人中時，我靠在樹上，靜靜地飲。這酒有很多鹽粒，鹹，喉嚨內卻像有火柴擦刮著了。我覺得它可能是配料而不是酒。一名看來只有二十一、二歲的年輕人走來，斜著眼說：「你喝的是瑪格麗特。」

我默然以對。他用手指彈彈我的杯子，繼續說：「用龍舌蘭酒配的，是給……」然後將這隻手收回，插進褲兜，另一隻手繼續舉著紅酒，帶著詭異的笑容走掉。在碰見熟人時，他悄悄指我，那人目光便循著過來，看我手中顫抖的酒。他們相視一笑。因此我想這酒可能是餵狗的。那公子叫索寰，長得標致，鼻梁高挺，每根髮絲都像用頂級梳子梳理過。我覺得他越漂亮便越輕薄，我的憤怒便也越多。比這憤怒來得更多的是自卑，我充滿誤入的恥辱。

聚會一直進行，彷彿要終止時，又有新的高潮出來。娟像一隻紅色野雉在黑色的身影中踏來踏去，有時談著談著聲音猛然變大，張著緊密的牙齒放浪形骸地笑。我覺得她就是在火熄滅後將它吹燃、在大家沉默時拚命撓癢的那個人，累而滿足。有一次，她對著遠處的樂隊點頭，一只大號凌烈地吹響，她猛然半歪身子，將雙手交叉擺放在胸前，一動不動。這是她的終極演出。她像麥可・傑克森在布加勒斯特舞台上那樣靜止不動，耐心等待所有人，等他們的期望積壓得不可排解時，才會祭出下一個（或下一串）動作。那必然狂野而爆裂。但這時四周出現一陣窸窸窣窣的聲音，像是有不少老鼠匆匆奔過。是坐著的人在轉動屁股，站著的人踩過草叢。

最後一對客人正緩緩走上紅地毯。一位上了歲數的女人和一位年輕的女子。我感覺心臟被槍擊了。年輕的女子穿著白色露肩無袖拖尾長裙，戴絳紅色長手套，皮膚比衣服還要潔白柔和，就像一團靜謐的雪或者一束光飄過來。有一陣子，旁邊的女人拉住她，我們便見燈光在她長睫毛和高鼻梁下製造出神祕陰影，這時如果不是她的臉皮微微顫抖，左手緊握右腕，胸脯也隨著呼吸急促起伏，我們會以為自己看見的是一尊只應遠觀的雕塑。挽著她手的人應該是她的母親，或者說是僕人、看守、獄卒。後者獅背熊腰，仰著頭，緊扣寬大的唇線，露出粗野的鼻孔，正像老虎那樣警惕地看著大家，彷彿知道大家都是什麼人。

這個女兒總是低垂下眼睛，畏葸不前。這是我第一次在美人身上看到謙卑，甚至可以說是悽楚。一種根深柢固的悽楚。就像她虧欠著大家什麼，她一直明白自己虧欠而大家還不知情，她感覺沒有資格與我們為伍。我彷彿聽見她內心的聲音，像沉下海去的絕望的手，或者被馬車拉到天邊的哭泣，因此在猝然間愛上她。我對這樣一個無法企及的她懷著巨大的悲憫與同情心，想籠住她肩膀，護衛她，永遠不讓她經受風雨。而別人呢，目瞪口呆，集體性精神乾渴，覺得自己在塵世生活過長，是塊乾裂、可鄙的土地。

不遠處，音樂稀稀落落響幾聲，穿紅旗袍、皮膚焦黃、身材好而一直僵硬的娟，像是在默片裡做了幾個破落的舞蹈動作，氣急敗壞地走掉。沒人理她。

「這是小紅，我的外甥女。」胡先生拉著年輕女郎的手說。女郎旁邊的母親低下高昂的頭，擺出一個恐怖的笑。胡先生鬆手時，小紅的手像受驚的鳥兒飛回巢，悄然縮在身後。她對我們鞠了一躬。好一陣後，大家才回過神，匆匆舉杯聊著，卻不知道聊的是什麼。

娟像是被打了一棒。她再次出現時極其狠毒地看了眼小紅，一定是用目光搜遍對方，想找到一處缺陷，卻是更加惶恐起來。她拉胡先生的胳膊親暱，被甩開（就像要將她甩到泥地裡）。接著她緩緩、討好地蹭上去，問：「你還愛我嗎？」胡先生用極其陌生的眼神看著她。

「難道你不愛我嗎？」

胡先生厭惡地走掉，她待在原地出了眼淚。她意識到出眼淚了，還悽惶地笑，卻是有人安撫時，忽而爆發出莫名其妙的委屈，拍著桌子哭，聲響大得像是示威。胡先生老遠問：「怎麼了？」她只是哭。胡先生便將杯子擲向假山，快步走來，揪起她頭髮，「滾！」她像個獵物掙扎。他便將她丟下，用腳踩。像是覺得自己的腳不夠髒，他去土地上蹭了幾遍鞋底，回轉身再踩，直到將旗袍踩得滿是土印。「你跟我外甥女鬥什麼鬥？你跟一個五歲就父母離婚的女孩子鬥什麼鬥？」他吼道。正是這吼聲使我明白為什麼在小紅眼裡會隱藏那麼大的怯懦與哀楚。我的心開始收緊。此時小紅坐在遠處，隔著手套緩緩撥弄指甲。她是低著頭的，卻知道有人看她，悄悄偏過頭，像一隻極其安靜的貓。

胡先生走後，無人再敢理娟。她爬行一段，站起來，趺趺撞撞消失了，後來幾天都像被扒光的鳥翻著可怖的眼白，待在角落不時嘶鳴。小紅曾試圖示好（也許是路過），這個神經質的女子便凶狠地吐痰。小紅提起長裙，按照原有節奏走過去。

十一當晚，樂隊緩慢演奏，劇場中央循環投影小紅從小到大的照片。除開最後一張，全部是頭像，全部是一種歉疚、哀楚的表情。最後一張是全身照，小紅穿著黑色芭蕾服，踮著腳尖，挺胸仰頭，將雙手藏於背後綿密的羽毛中，像拉滿的弓站立在鏡頭前。大家端著杯，藉著路燈、廊燈、彩燈、地燈走來走去，不經意看上幾眼，累了坐下吃點心。忽然，音樂的節奏加快，就像從遠處山谷閃出一支龐大的馬隊，蹄聲一次比一次迫近。跟隨著的是投影機飛快的轉動。小紅一次次長大，一次次變回襁褓時期。大家像被鞭子抽到，驚懼地站起，彷彿看見樂器一只只炸飛，機器因為承受不住而猛烈燃燒。啪。燈光熄滅，音樂聲戛然而止，投影定格在最後一張照片上數秒，也消失掉。四周死一般黑，就像汽車駛入隧道猛然煞車，到處都是沉悶的呼吸。

幾十秒後，同樣是啪的一聲，一束燈光像炮彈從後方天台射出，穿越一隻手後，打在舞台中央的白牆上，留下一道曼妙的黑影。小紅穿著那件裙子，埋頭蜷縮在舞台，舉著失去手套保護、孤零零抖著就像是第一次獨自出來獵食的小動物的手。說起來這真是一隻好手，像被溫熱的牛奶或者新鮮的山泉浸潤過無數遍，又被暖光烘得透明，鮮嫩，光滑，潔白，溫順，妖嬈，神聖，同時無盡合適。它不能再長了，也不必再短，只有像這樣，它才會無休無止像清涼的風探進每人的心臟，攫緊每人的靈魂，使人們既不是因為痛苦也不是因為喜悅而哭泣。我已忘記舞曲的名字，只記得它每次起舞時都帶走我們內心最深的期望，每次降落又召喚我們走向飄滿大雪的幽靜葬禮。它跟隨它的主人，猶疑，痛苦，掙扎，嘗試，飛躍，我相信正是因為她逐漸強大的自信（或者說是對藝術的全然獻身），這雙手爆發出巨大的奇蹟：在它們翩然滑過時，黑暗的空中跟著出現一道綿延、流暢的光芒，流光溢彩。我們正沉浸其中，無以釋懷時，它們猛然平攤打開，光芒隨即跑上去，使它們成為發光體。而她筆直站著，頸部和下顎不停抽搐，臉上像被潑了一盆水那樣長時間抽泣著。隨後燈光隱滅，剩下我們的心靈在無盡沉默中穿行。

很久以後，當往日的燈光和樂聲出現，掌聲才響起。大家無以酬報，唯有迫不及待讓手參與到這心靈的契約中。這時那名司機顯得多麼討厭啊，他蹲在角落啄吸香菸，不時咳嗽、大聲吐痰，就像一個實打實的聾子。一會兒，胡先生走過來，人們湧過去祝賀，其中一位問：「有沒有男朋友？」胡先生說：「我正要說這個。」他取過麥克風，對著它吹幾下，以極大的聲音接著說：「我今天請這麼多親朋好友來，就是想為小紅挑一個配得上她的男人。」底下隨即出現隱祕的騷動，胡先生沉吟一下，頗為壓抑地說：「所有人都有機會，包括那些我請來工作的人。」騷動聲便全然爆發出來，甚至出現呼哨。

「一切尊重小紅自己的意願。我會給你們機會接觸她，也給她機會接觸你們。她會選擇好屬於她的一生的伴侶。她懂的。」他這樣補充，意外地哽咽起來，就像是她真正的父親。他強調：不要輕易承諾，如果承諾，就必須做到；應該承諾的是，你能在她年輕貌美時愛她，也應該在她年華老去時愛她；能在她順風順水時愛她，也應該在她風波落難時愛她。我相信是根植於血緣的深刻柔軟，以及小紅不幸的家庭現實，使這個世故商人說出如此煽情又空洞的話。雖然他明顯看起來喝多了。來到莊園的男性都覺得沒有比這更容易的事，這簡直是將她白送出去。「我強調是所有人」，胡先生的話讓有權有勢者蠢蠢欲動，也讓我躍躍欲試。我僅僅為著擁有這不帶門戶偏見的機會，而對胡先生生發出一種卑賤的感恩。我想如果可以，可以終生報效他和小紅。但僅過一夜我便清楚，一只名貴寶器，它在拍賣交易所以零元起拍，所有人包括販夫走卒都有機會，但是一個上午過去，競價抬到百萬甚至千萬，有資格參與的便只能是少數人。

次日清晨，我在一陣激昂的廣播聲中醒來。是一家我們熟悉的電台在播放昨天莊園演奏的交響樂。主持人溫存地說這是化名為Z的先生獻給小紅的。如果只有這一首，我會認為只是一個情種在連夜排隊打電話，但接下來整整一上午，電台播放的所有樂曲，包括巴哈、莫札特、柴可夫斯基，都是由這位Z先生點的，由此我想到巨大的錢與權勢。

這是號角。那些彼此觀望按兵不動的人一個個焦灼地往外打電話。此後一整日，莊園裡運進各式奇物，有黑而鋥亮的鋼琴、比小紅穿的還華貴的白裙、好幾箱精緻的芭蕾舞鞋，也有海景別墅模型及代表產權的金鑰匙。一次，一輛粗笨的卡車遙遙駛來，裝載著一座因為過於紅而顯得紫黑的山脈，人們奔去看，才知是堆積的玫瑰。來自花莖和花瓣的清香陣陣湧來，使人恍如葬身大海。我緊張地看著小紅。這會兒我就像總統套房的清潔工，或者高爾夫球場的建築工，身在其中，而被粗暴地提醒身分。由此而來的是憤怒。我時刻等著女神臣服於世俗的財富遊戲。我從未想到屬於人類靈魂深處的愛情（這唯一莊重的領域）會被詮釋得如此惡俗，而且看起來難以抵擋。那些財富擁有者正在瘋狂追加籌碼。她正在被不停議價。這樣的價格以一千元一萬元體現會顯得粗鄙，但等它漲到幾十萬上百萬足以媲美一個普通家族幾代的財富時，它就讓心靈不那麼頑強了，她的神經就會被軟化、摧垮。說起來她舅舅很富，卻並不意味著她也很富。愛情這玩意兒也不是上帝僅僅賜予窮人的，它也屬於富人，富人就是這樣表達著他們的愛情觀。我抱著頭，痛苦地看小紅。她由母親陪同，靜靜穿行於莊園，摩挲著令人讚歎的禮物，像西方人那樣將手捏在腰邊，帶著禮貌的笑容輕輕屈膝。我隨時等著給她下結論，而她始終保持著這稍顯冷漠的禮節。

只差一件一錘定音的東西罷了。

試圖得勝的是索寰。這位數筆豐厚遺產的繼承人，像挽著韁繩的騎士，將一輛奶白色禮車引入莊園。夜色下，兩個僕人搬下沉悶的保險櫃，將它在長圓桌上打開，那些來自古今中外的大小飾品便爭先恐後地放出光芒。每當有一件取出，大家便驚呼一聲，到最後一顆鴿蛋大的鑽戒被擺放出時，四周因為驚愕而鴉雀無聲。它是天空中最燦爛的星星，放射輝煌而脆弱的藍光，就像靜止不動的深深蒼穹，或者屹立於懸崖的瓷瓶。它讓人們控制不住自卑的心情，像臣服真正的君王那樣，臣服於這有著十二個側面卻不說話的它。

「來自南非。我想，它只應當屬於小紅。」索寰側過腦袋向小紅的母親介紹，後者眼睛發癡。這是這張惡狠狠的臉第一次出現可憐兮兮的表情。她懇求著看了眼女兒。小紅正緊緊捏著手（她又戴著那只絳紅色手套），　動不動盯著它，不一會，彷彿受到什麼巨大刺激，一顆眼淚從她眼窩迸出。這和她在舞蹈最後時刻的陶醉是一樣的。她鬆動了，整個靈魂因為出現貪婪和占有欲而瀕臨散架。但她還是強撐著默然走掉。

四周發出低歎，像有一陣雪吹落到地上。索寰臉色蒼白，不過馬上明白這是女人的矜持，重又開心起來。

我孤獨地走向書房。我有很多話要跟她說，這些話莊重、濃烈、深情，連句末的感歎號也應該讀出來，但它們現在只能永久地憋回去。這裡不屬於我。可恥的是，在回去的小徑上，我還聽到小紅在接受一個熟悉的聲音獻詞。日報總編拜倒在地，攻擊莊園裡每個獻禮的男人，然後大聲詠歎愛情。他歌唱的，就和我想歌唱給她的一模一樣。這個人年紀很大，有家有室，我一度對他很尊敬，現在卻猥瑣如斯。我又覺得假如說這些話的是我，不是一樣猥瑣麼？還有小紅，她端著沉靜的面孔毫無擇別地接受這些不也猥瑣麼？後來總編終於哽咽，我想，這他媽是個什麼世界，人們為什麼會這麼賤？小紅母親用腳撥開捧著小紅裙角的手，哼哼地帶走她。我回房疾書，將傳記草收尾。

次日一早，我拿著書稿匆匆走向胡先生辦公室，卻在穿出竹林時撞見小紅從拱橋走下。我想退回，又想走過去，最終像被下了咒呆住。她低著頭，眉頭緊鎖，臉色通紅，正小聲嘀咕著，而她的母親大聲說：「你怎麼這麼不聽話？」她輕輕搖頭，好像忍受著極大的痛苦，她的母親則不依不饒，「你這樣怎麼對得起你舅舅？」凶狠的樣子就像老鴇對待一名雛妓。也就是此時，她抬起頭來。這張臉就像她初來莊園時一樣，充滿悲苦，好似染了嚴重隱疾的病人，心靈深陷於泥淖。我再次被這氣質所撼動，心靈震顫不已。在她們走過去後，我猛然喊：「所有人愛的都是她的容貌，只是將她當成玩物，你為什麼還要將她往火坑裡送？」

「難道你喜歡的不也是她的容貌麼？」她的母親輕蔑地說。我鼻孔張開，呼吸緊促，眼睛竄著憤怒的火苗，卻說不出話。小紅回頭看了一眼。那眼神既有審視的意思，也有些微感激，最終收走時帶著猶疑。就像我最終也不值得信任一樣。但這已足夠了。我找到胡先生，撒謊說稿子還需修改，卻是在他問還要多久時，老實地說只需一週。他將草稿丟進抽屜，說：「那好，改完給錢。」這讓我很後悔。

此後數日，我待在路邊或窗前，眼神憂慮地看著。有時她一路走過去，有時則張望一下。這張望讓我意識到彼此心裡已有了契約，所差的只是走上前去傾吐。但這一步如何走折磨著我。我束手無策，歸罪於她如狼似虎的母親（這樣跟著，小紅怎麼可能找到自己要的愛情），但其實她就是不跟著，我也無法接近。我開始為自己的懦弱悲傷。在止不住對鏡自視時，又覺得這是自作多情。不說財富，單論相貌，我也差索寰很多，就是與這莊園裡的大多數人比，我也沒有特別的地方。我究竟有什麼資格博取人家的愛情？

傍晚的景色加深煎熬。天地模糊，像有很多分子掉下，遠山變成深沉的黑色，在它們背後是太陽暗橙色的光芒，就像有艘巨輪在那裡緩慢地下沉。只有一兩天可待了。我焦躁地走來走去，幾近神經崩潰。這時小紅恰好離開一個肥碩的商人，獨自抱著一大捆花走回去。

「離開他們。」話衝出口時，連我自己也吃驚。她連退兩步。但我好像受到這勇敢的鼓勵，連續說：「這樣下去，你不過是他們飾品的一部分，是他們的一枚鑽戒、一件皮爾卡登、一瓶ＸＯ，甚至是一條寵物狗，值得炫耀的寵物狗！他們找你，就像找一件為自己長面子的物品。當有一天你長不了面子時，他們就會像丟塊抹布那樣將你無情地拋棄。」她詫異地看著我，低頭繞過去。我卻像魔鬼緊跟著。那個傍晚，大家休整完畢，正從房裡走出來吃飯。我感覺目光像密集的箭射過來。就是這樣一個請來的下人、一個窮困的外地佬也迸發出可笑的愛情，在緊緊跟著莊園的女神。他們一定這樣想。她似乎也這麼覺得，暗自加快腳步，甚至是有些狼狽地跨上通往居室的台階。

在陰暗的樓梯道，我停下腳步，將羞憤一股腦宣泄出來，說：「沒有人會憐惜你，沒有人像一位父親一位奴僕那樣為你守護終生，沒有。」

「是，是沒有。」

她回答我，然後快步走上去。她的聲音低沉，哀傷，就像整個聲帶都浸在痛苦的漿水裡。我相信她不是在還擊，而是真的承認這是事實。在她的身影完全消失後，我全身乏力，很久才知像老鼠那樣沿著牆壁慌張地竄進食堂。在今天看來，這都是一件莽撞的事情，我在心裡培育她已久，就像她是由來已久的愛人，因此說話時就像和心裡虛擬的她說一樣，卻不知現實中她連我的名字都不清楚。

我坐在食堂最邊遠的桌子邊（待會兒廚子們過來吃的地方），埋頭吃飯，那些貴客高聲喧譁，彼此勸酒，間或壓低聲音議論。我不知道議論什麼，卻聽見議論結束後大家一起爆發的笑聲，因此猜想我是那個笑話。我的臉因此發熱。而就在我要離開時，索寰端著一只空杯子走來。他年輕的眼睛溫柔慈愛，嘴角擠滿和善的笑。所有人的西服都是為著遮掩某種局限，於他卻是彰顯健美的身材。他真好啊。他走來，像武俠那樣坐如鐘，將空杯擺到我面前。

「我不能喝的。」我歉疚地說。

「沒讓你喝酒。」他高揚手臂打了個響指。那後邊的人們便停止講話，看過來。接著他喊道：「服務員，上醋。」

「上醋幹什麼？」這可能是我問的最蠢的一個問題。廚子忙不迭送過來一瓶醋。「給他滿上。」索寰指揮著廚子給空杯子倒滿醋，然後抬頭說：「我聽說有人要吃醋了。」我的臉瞬間紅透，就像有一根點燃的火柴被扔進汽油。這是很幼稚的進攻，我卻完全受著這幼稚的傷害，感到羞愧難當，像是被當眾扒光了衣裳。索寰一直靜靜看我，好像科學家靜靜觀察試管裡的蟲子，細細觀察我臉部的每個細節，忽而又抽瘋一般向後仰，整個身軀顫抖著，從喉管擠出一陣抽緊的笑聲。他這樣笑得沒力氣了，又冷靜地看我，說：「祝你成功。」如果這時有一把刀，我會毫不猶豫捅死他。但我一直坐著，看著他顛兒顛兒地走回他的陣營。他們對他投來讚許的目光。我決定無論如何也要將小紅得到，拉她的手，傲慢地走過莊園。我當時是這麼發誓的。因此站起將醋飲了，筆直走出食堂。

夜晚在露天劇場有一場舞會。賓客們穿燕尾服，打領結，半鞠躬，伸出會說話的右手，像一堆烏鴉整齊地圍住小紅。她筆直坐著，露出窄小的肩膀和柔弱的背部，頭髮是梳起的，銀環纏住髮髻，耳垂戴著繁密的綠色耳墜，雪白的長脖子上則掛一大一小兩根項鍊。她顯得手足無措。後來是胡先生過去耳語，她才從羞澀中逃脫出來，挽住一隻。那得獎的人便點頭向四周致意，然後用右手將小紅戴著手套的左手提到耳高處，優雅地退步。音樂隨即奏響，燈光緊緊跟隨他們。這時她的表情還是猶豫的。此後好幾個和她跳舞的人得到的也是這待遇。

我沒有勇氣過去，襯衣最下邊的釦子掉了。我坐在角落像狼一樣盯著她，就像一位丈夫痛苦地看著妻子陪官兵們跳舞。我身邊是娟。白天時，她幽靈一般跟隨胡先生走了一路，後者連腳步都不停一下。現在她畫著濃黑的眼影、綠色的口紅，臉上像殭屍撲著很多粉，戴著由保險套做的耳環，正像死人一根接一根地抽菸。

在索寰邀請到小紅後，我的心陡然下沉。這個身高一米八的瘦長男子和這個白皙的女子天造地設，一進入舞池，四周的聲音便停下，甚至那些正在起舞的人們也自覺轉移到角落。索寰霸氣外露，懷著深刻的自信試圖將小紅的舞步帶大，兩人因此不協調。但當索寰低聲說了句什麼後，她跟隨他的節奏應和起來。這讓我極其痛心。如果骯髒地想，這就像性愛中沉睡的女人甦醒過來，正以比他還熱烈的動作回應著他。有一會兒他們猛然貼近，他對她耳語，在分開後我看見她爽朗的笑，眼光也是親近的。「她既然跳得這麼熟練，也笑得這麼露骨，那就意味著她本質上就是這樣的人。」我將眼睛緊緊盯住她的面孔。這會兒我倒不是為著發現她的什麼放蕩，而僅僅只為著放射出仇恨、蔑視的利箭。無論她朝哪個方向旋轉，那惡毒的目光都會追隨過去。

她陡然發現這恐怖的目光，驚詫了一下，在重新看見我時，已然沒了那喜氣洋洋的模樣。她像是被打擊到，有意識地低頭，又總是不放心地瞅過來。我因此柔和起來。我知道我早已進入她的內心，她正害怕這不得不進行的行為（跳舞）會傷害到我純真的情感，使我自動離開她。她可能正是這樣想的！可當這一曲消隱，當索寰拉著她的手將她留在舞池，她又幾乎沒做什麼推辭便應允了。在等待的空檔，她明明是背對我的，卻偏過頭來苦楚地看我一眼，而一隻手又是搭在他肩膀上的。這是一個什麼場景？這就像《咆哮山莊》裡任性貪婪的凱瑟琳．恩蕭，既因為虛榮不願意放棄英俊、年輕、活躍、有錢的艾德加．林頓，又因為某種骨子裡的東西愛著希斯克里夫。她覺得嫁給希斯克里夫是自降身分，卻又在靈魂深處渴望希斯克里夫保持對她的愛。

然後燈光暗下，教堂的鐘聲從遠處傳來，一束燈光從上空像飛雪慢慢灑下，籠罩在他們身上，使她的面龐邊沿起了一層類似茸毛的光圈。他禮貌地褪下她的絳紅色手套，那手便再次像光閃耀在眾人面前。有個僕人端來一只波斯盒子，他將手套搭於僕人手腕，然後輕輕翻開盒蓋，讓左手的拇指、食指像鑷子一樣小心夾出那枚南非鑽戒。她的手從袒露之時起便顫抖，總是需要他輕輕捏住，在他試圖將鑽戒套向她中指時，它開始逃避——如果它果斷撤下去並給他一記耳光那該多好啊。但在他躬身吻了一下後，它便溫順了，像鳥兒縮在他手心。這從來沒人碰過、摸過、握過的手，如今被一個有錢的人占有了，而我近在咫尺，被徹底遺忘了。

他將戒指慢慢套向她的中指。她的手重又顫抖起來（這因為激動而顫抖的手啊），大家都看到這漫長的戴的過程。索寰像長者那樣耐心地等她安靜，最終使它固定在它的根部。人們心裡都像被抽了一鞭子，但還是鼓起掌來。索寰高仰頭顱，睥睨天下，而她癡怔著，臉上掛著淚花。這是難過，我判斷出來，這是因為過度幸福而出現的難過。她就僵立在那裡，享受著她的難過，就像站在幾十年後享受今日這一刻一樣，享受著現在的難過。

所有女人都是一樣的。從本質上說都是男性的附屬物，從原始社會開始就是這樣。她們沒有足夠的能力獲取糧食和水，因此渴望庇護。這就是她們熱愛毛髮茂盛者的緣故，茂盛的毛髮意味著在競爭中突出的力量。她們喜歡已知、成熟的保護，而對那些未知、不可測的美好的可能性則不抱信任。這是她們的經驗。沒有女人願和男人一起奮鬥。這也是為什麼我們看見很多美女嫁給禿頂肥肚男、寧願成為一個玩物的原因。這一切都因為安全感。

現在她為著這鑽戒哭了。少說也值得幾百萬吧。而像我這樣的人，一年下來的收入恐怕連給她買件衣服都不夠。他拍著她的肩膀，試圖勸慰她。她卻淘氣地越哭越厲害，以致肩膀出現明顯的抖動。她的母親和舅舅站在一旁親密地看著他們。她不再看我，就在她可能想起要看我時，自己又將頭低了下去。「你沒什麼好羞愧的。」我想。

音樂重新奏響，是一陣歡快激越的舞曲，人們像孩子撲向海水一樣紛紛撲向舞池。我站起身，準備跑掉。但這時突然看見娟那比我還惡毒的眼神，她正在仇深似海地咕噥髒話。我將手伸過去。她毫無反應。我索性蹲下，像守著一個嘔吐的人那樣守候著，我看見她不耐煩地揮揮手。那意思是你算什麼東西。我勉強說：「她真做作。」娟仍舊低著頭彈菸灰，一滴淚掉在地上，像花瓣一樣炸開。她剛剛就已莫名其妙流了很多眼淚。我歎息一聲，起身走掉，她卻猛然拉住我的指尖。她的手又硬又涼，就像一根浸濕的木頭。我既不興奮也不害羞。她整個人也像是放在冰箱隔了夜的豆腐，散發著僵硬的氣息，我感到憎惡，但還是由著她將我帶進舞池中央。人們停下來看，小紅也看見了。我不用看她，也知道她看見了我。雖然我跟娟只是臨時性的舞伴，但這一刻，我感覺自己就像永久上了這條陌生、可憎的船隻，而永遠地與小紅再見了。我有多熱愛小紅，就有多厭惡這個舞伴，卻像塊賭氣的糖跟她黏在一起。我們跳得很好，滑稽而野蠻，娟將那軟綿綿就像沒有的巨胸一遍遍撞向我，而我的鷹爪扯緊她後背的繫帶。胡先生站在遠處，臉龐陰沉，隱藏的怒火就像要將我們用石頭活活砸死。

在今天想來這是多麼瘋狂而不可能的一件事。

娟後來將高跟鞋踢甩掉，猙獰地笑著將我帶走。我的身心好似也湧現出一種希望全部死絕的快感。他們驚詫地看著胡先生跟出來。他趕上來將她從我身邊拉開（也許要說是我將她丟給他更好點）。她扭動著身軀，被結結實實抽了一耳光。我冒著汗倉皇地走了，身後沒有喊叫哭鬧，出奇的靜。在走到暗處時我回頭，她已撲在他的懷裡，用一隻手狠狠捶他肩膀。

次日我的酒全部醒了，因為害怕和羞愧不敢去胡先生辦公室。但後來我想到一個有尊嚴的辦法，勇敢地走進去。我跟他說：「稿子改好了，剩下的五萬我不要了。」

「為什麼？」

「不為什麼。」

他饒有深意地看著我，說：「年輕人。」我以為他還要說什麼，卻是不說了。他將錢塞進我手裡，送我出門，又說：「沒有男人是值得信賴的。」我不知是什麼意思。當天，我坐著來時的轎車回到那已像是異鄉的故鄉。我就像從夢中掉下，再也回不去那水聲鳴響的莊園。

後來小紅像謎一樣長久活在我心裡。我覺得她可能純粹，也可能世俗；可能喜歡我，也可能完全不。這一切取決於我下什麼結論。我雕刻著她。有時追悔，有時憤恨，最後心如死灰。她終歸是會跟著索寰走，住豪宅，慢慢變得毫無意義，在某天她說「為什麼你們都說我不普通」時，被抽了耳光，他氣恨地說：「我真不明白你對男人的口味。就像當初，你連一個窮酸的詩人也不放過。」我覺得在她沉靜的面容下潛藏著放蕩的靈魂。最後她打打牌，織織毛衣，生兒育女，皮膚鬆弛，永遠地老了。

時間使一切消失，二十年後當我再次來到寧波時，就像從不曾來過。說起來它只是我跑過的兩百個國內外城市之一，那段歲月也僅只是大海中的微小波浪。我征服了很多年輕女人。她們無疑有著原則，一開始甚至對我持完全的蔑視態度，但只要將錢塞過去，她們便會瓦解。每次將陽具塞進這些悲痛的陰道時，我都彷彿聽見大樓傾塌之時那隆重而沉悶的聲響，心間會湧出一股由得罪人帶來的快感。爾後萬念俱灰。無論她們怎麼討好，都好不起來。有個女子哭著說：「你以為我在乎的是你的一輛車子和幾件首飾麼？」我說：「可不是麼？」另一個女子以同樣的表情說：「為什麼你就不能稍許喜歡我？」我便捉起她的手，說：「你看，你的這雙手又腫又粗糙，好像十來歲就開始刷碗洗衣服了。」

我再次來寧波時總是被人陪著。有天他們帶我去了鄉下一塊工地。那裡有很長的圍牆，現在只剩牆基，牆內停著幾台推土機，土地像是被牛耕了上百遍。如果不是在附近的山上看見一座廢棄的水壩，我不會想到這是胡先生當年的莊園。那五隻龍嘴仍在，但已沒有水源，嘴角因此像是生鏽了，很孤單。他們像說傳奇那樣說著這裡往昔的場面，我說我知道。我甚至連胡先生現在做什麼去了也沒問。這並不是世界末日，人生貴在及時行樂。

在我住的賓館，門口鋪著紅地毯，擺花籃，門楣拉著紅色條幅，大廳立歡迎牌。我一進去，那些穿套裝或旗袍的女子便鞠躬，唇紅齒白地打招呼。房間有兩百多平方米，甚至有一座可以控制流水的假山，什麼都很華貴，使尊貴的客人哪怕一點不舒服也感受不到。但是賓館永遠是讓人迷失的地方。我一人待著，時間便凝滯起來，就像天花板在往下一層層地下著細雨，因此我總是走向窗邊。在賓館後頭，彷彿是為了做對比，立著一排低矮的紅磚平房。每家屋頂都有黑乎乎的鐵皮煙囪，門口掛著髒黑的草簾，春聯被洗刷白了。門口是泥地，有密集的輪胎印。門前有兩棵樹，拉著生鏽的鐵絲。

我看著這些就像沒有看見一樣。可能我長時間站在這裡，只為著將肥碩的肚子頂在牆上，享受胖子才會有的快樂。有天下午，天空陰沉，地面變得像地獄，灰而透明。可能是要下雨了，但不知為什麼還是有位婦女用腳推著水紅色的大洗衣盆從平房走出來。盆裡有一件蜷縮的白色長裙，跟她鐵灰色的頭髮、紅硬的面龐以及過於粗壯的腰身並不匹配。她像是世上最懶的懶子，低著頭，左一腳右一腳緩慢地推著洗衣盆，將它推下門前台階。但是當風吹過時我知道並非如此。風使她兩邊的衣袖像紙無依地飛起來。

她不再推塑膠盆子時，像一株樹茫然站著。很久後，她才稍微活動一下。一個粗矮男人回來了。他徑直走進她剛才出來的屋內，重重甩上門。她還是站在那裡，漸漸又仰起臉默默地哭。她一哭我便也跟著哭起來。我一生中從來沒有像現在這樣擁有哭泣的衝動，一邊哭一邊將頭撞向牆壁。我看到，她在盡力地張開雙手，就像當初在莊園舞台那樣盡力地將它們張開。就像它們還存在一樣。

一會兒，男人氣急敗壞地走出，粗聲埋怨著，她止住哭泣，用腳踢他。他便不服氣地將白色長裙撈起，扔到兩棵樹之間拉著的鐵絲上。他也不拉，也不抖，就像扔件垃圾那樣將它扔了上去。她走到長裙面前久久站著，神情悲哀而沉靜，就像一位母親在默哀死去的孩子。她永恆的時光早已過去，現在她年華老去，風波落難。

那男人再度走進屋時，我看見斑禿，心裡像是被塞入了一塊巨大的鐵砣。

「這所有一切都讓我不敢相信，」他抽泣著，「小紅當時那麼漂亮，為什麼每天還愁眉不展，為什麼她的母親著急地要將她嫁出去，為什麼她那自負的舅舅會為她對大家說出甚至是懇求的話？難道不可以讓小紅自己慢慢找麼？她難道還需要相親這種方式麼？還有，小紅最後嫁的為什麼是一位粗鄙、年老、醜陋的司機？我解釋不清，也接受不了。但後來在做了一個夢後，忽而明白——我想他們，他，她，她，都明白了她今天會殘疾的事實。這就是謎底。而我本該是最先發現這個謎底的人，卻因為偏執而負氣離開。」

他接下來說：「在那個夢裡，我看見生薑。它被挖出土地但還沒有剁開，黃黑、乾硬、扭曲、傷痕累累，就像燒壞的手掌。我看見小紅赤身裸體朝我走來，乳房下垂，肚層擠出油膩，兩隻象腿靜脈曲張，沒有手腕，沒有胳膊，在兩邊肩膀那裡正長著這樣孤零零的生薑一樣的手掌。這就是她的結局。我早該看到這結局。看到這個結局我才明白，為何她過去的每張照片都不會出現手，為何一出現在莊園時便光芒萬丈，為何在光芒萬丈時還要痛苦地哭泣？為什麼？因為詛咒。在《木偶奇遇記》裡，皮諾丘渴望成為活生生的男孩，找到藍仙女，她答應了，卻附加了一個詛咒——每當他說謊時，鼻子便會不斷地變長。而小紅受到的是相反的詛咒，她從很小時就長出極長的手，每當她長大一點，這手才會縮短一點。在整個童年，她都盼望長大。她終於讓它長到最合適，那時恰好她的年華最好，容貌也最好，而我也就是在她這一生最燦爛的時刻遇見她。她在發光。此後詛咒的規律卻是仍在運行，她的手越長越短，最終只剩兩隻奇怪的生薑。會說話的生薑。像珊瑚那樣，在走向我時，緊張地舞動。我沒辦法再用別的理由解釋這悲傷而可怕的事情了。」

他說著說著，被自己的奇怪想法感染了，像婦女嚎啕起來。最後他說：「當初離開莊園時我對自己說：『不就是錢嗎？或者，要是你認真起來，就會毀了自己！』現在我卻想對她說：『我還想做這世上唯一憐惜你的人。』現在我已經老了，但我還是想試試，將她買下來。」

「神經病。」我覺得我多少應該說說話。

小鎮之花

小鎮之花

在秋天的小鎮，天地分明，天高而地實，每根樹木每棵稻穗都像獨立存在。但是到了黃昏，天地模糊，好像有很多分子掉下來，樹木、山崗變成深沉的黑色，在它們背後是太陽暗橙色的光芒。對孩子們來說，這是充滿遺憾的景色，意味著父母要將他們趕回床鋪。

而那些比他們大十來歲的青年，一天的生活才像剛剛開始。他們三、四人擠上一輛摩托車，呼嘯著來到國營商店操場，那裡有電視機、錄像廳、本地產啤酒以及發源於美國的神祕舞蹈，他們時刻準備發生點事情，又懂得在法律高壓線前及時停步。只有三個說話帶「麼事」❶口音的人不知輕重。其實更應說是三人裡的矮子何飛不知深淺，他喝得差不多，就會問他的兩個同伴：「今天做麼事呢？」意思是今天我們要做些什麼呢。有一天，他找不到更有意思的事，便抽出兩斤重的蒙古刀，劃入肚腹，讓血珠像肥皂泡沿著線冒出來。

這個惡棍的臉是一部毆鬥史。頭皮被削過因此有斑禿，額頭縫過十幾針，鼻子歪掉，一顆四環素門牙❷也不知去向。他的同伴大李小李則因為適當的謹慎，保全住帥氣的模樣。

這天，何飛鼓著魚眼問：「做麼事呢？」兩個同伴想不出，又叫了些酒，好像事情也是靈感，需要等待。他們在等待過程中，聊到當地最漂亮的女人。

益紅可聊處有二：

一是美貌。這個世界總會有很多我們稱之為美女或者說是長得可以的女人，男人們對之不乏衝動，但她們畢竟還是活在世俗中。只有益紅不可理解，好像只要一提及她的名字，人就會酥軟，就像走過太多泥路，忽而在山頂望見一望無際的冰川（那些潔白的鳥兒啊，在冰上留下清晰的影子）。益紅的白，是白裡面濾過一層白，鮮嫩，瓷

❶江淮官話，意為「什麼事」。
❷因服用四環素抗生素致使牙色變黃黑。

實，清澈如水流，可以看見綠草似的靜脈。人們擔心她像瓷器被碰倒，又渴望有機會走進那渾然的白光，捉住飽滿的乳房，撫摸汗濕的髮梢，聽她嬌喘，哭泣著將她撕毀。

二是脾性。益紅可以一整天不說話。到郵電所[3]取報紙的青年想出很多下鉤的辦法，但這些甚至包括到美國去旅遊的提議都遭到羞辱。她分明是聽見你說話，卻自顧做著事，哪怕看一眼，哪怕粗暴拒絕也好，她卻是連個程序也不給。「好，有種，你等著。」人們這樣氣急敗壞地走掉。和她脾性匹配的是她寡淡的歷史，誰也不知她經歷過什麼喜悅災難，她是郵電所長的掌上明珠，死活要讀高中，參考了一次模擬考又死活不讀，僅此而已。

「像烈士墓上的月亮，」小李說，「有晚我看見月亮像曬穀的竹匾那麼大，掛在烈士墓半腰，近得讓人恐怖，卻摸不到。益紅就是這樣。誰要能帶她在鎮上走一圈，我給他二十塊。」

並不好色的何飛這時站起，丟給大李二十元，說「你做公證」，騎上摩托車像噴氣的獸飛走了。

「你倒是給我啊。」

小李說。大李將錢拍住，「不行。」

「早給晚給不是給，遲早都是我的。」

「那也得等他回來。」

他們想頂多十分鐘何飛就會回來，心裡是仇恨的，卻得自嘲一番，給你們丟臉了，這娘們，他一定會這樣說（夜宵攤上曾流傳過一個段子，一次，下街的黃治茂碰見哥們了，手總是撫摸濕潤的頭髮，問怎麼回事，說是剛洗頭，你聞，還有肥皂味呢。不一會兒，另一哥們馳來，說出大事了，有個青年在郵電所下吟了兩鐘頭，欲走，被推開窗戶的益紅兜頭潑上了一盆洗腳水）。

老闆走來添菜時，小李搶去二十元，分一張給老闆，說再來幾瓶，今日我請。「你的那份還沒給呢。」大李說。

「我給你，你還不是得還給我。我今日要是輸了，把這二十還給何飛，另外再給他二十，這頓還算我請，不單今日請，明日也請。」

「說話算數就好。」

❸在大陸，郵局一般是縣一級才有，鄉下的稱為郵電所。

兩人趕著話聊，一聊聊到北京、大興安嶺、火星，好像置身鎮外，而時間這東西在齒輪上自行運轉，已走去很遠。大李看錶時，已過去一小時。

「一定是躲在角落耗時間。等下回來，肯定說自己去過的。」小李說。

「何飛不是這種人。」

「有什麼是不是的，人不都是這樣。」

兩人無話，心下有些被棄的寂寥，悶坐一會，大李說：「我有點慌。」

「慌什麼？」

「你把他的錢給我，把你的那份也給我。」

「再等等吧。」

「不用等，我想到一個故事了。楚國有個人賣兵器，說他的盾最堅固，什麼矛也刺不破，又說他的矛最鋒利，什麼盾也防不住。我想何飛就是最鋒利的矛，益紅就是最堅固的盾，兩人都不好惹，要出事的。」

「要不看看去吧。」

他們走向半里外的郵電所，它建築在坡上，像是濃綠色的城堡。月光靜謐，益紅那間面街的窗掛著窗簾，被燈火映黃。二李蹲在路邊，想等待窗簾後出現廝打的黑影，或者冒出尖叫聲，但始終一無所有。夜風颼進襯衫，他們站起撒尿，像無魂的人朝來路走，走過糧站，走到派出所門口。小李拿出四十元，「我給你吧。」

「收回去收回去，這個時候錢是小事。」

「那怎麼辦？」

「還是回吧，再爛的兄弟也是兄弟，不能不講義氣。」

兩人遊蕩回糧站，推開何飛房門，發現漆黑一團。「怎麼辦？」小李說。

「能怎麼辦，睡覺唄。」

他們回到各自房間，脫掉衣服，鑽進床鋪，試圖進入睡眠，卻總是被恐怖的想法擋住。凌晨兩點，大李起來去何飛房間看，門還開著，人還沒回。去小便，看見廁所出來一人，是小李。

「你也睡不著？」小李說。

「是啊，睡不著。」

「我在想，何飛是不是把她給掐死了？」

「不可能，現在正嚴打呢。」

話雖如此，他們還是知道，何飛怎麼會怕槍子呢，伏法時他一定哈哈大笑，說「老子二十年後還是一條好漢」。他一定擠開房門，摀住對方嘴巴，將對方重重推倒在床，三兩下拔掉褲子，將禍根捅進去，而益紅太烈性，總是要喊，因此索性掐死她了。這會兒說不定正坐在屍體旁抽菸，抽罷，將她背到山腳，扔進薯洞❹。

「事情要發生也已發生了，攔也沒用，等天亮再說吧。」大李說。

他們回房，敞開門睡，黎明到來時還沒睡著，糧站鐵門被推開，兩人跑出來，看見燒火的文師傅。「什麼事？」文師傅問。小李吞吐著說了。

「你們幹的好事！你們雖然不是主犯，也是教唆犯，從犯，你們跑不了的！」文師傅嘴唇哆嗦，來回走上四、五趟，才平復下來，「你們趕緊去派出所自首。」

小李沒敲開派出所的門，往回走，看見何飛歪歪斜斜駛回。「搞了？」小李問。何飛沒應，騎進糧站，下來，隨手一丟，讓摩托車轟然倒地。

「真搞了沒有？」

「滾。」

何飛上台階時腳發軟，大李來扶，說：「收拾東西跑路吧，我們也算交情一場。」

「滾。」

何飛揮開對方，走進房間，將門重重甩上。

太陽升起時，白色的衛生院❺、藍色的工商所❻和紅色的藥局都開門，只有綠色的郵電所不開，露水在郵筒下沿滴落。可怕的消息在買菜和賣菜的人當中傳播，使人相信郵電所能聞到腥氣。

很多人將早餐端在路上吃，也有人到郵電所探視，但也就這樣。這件事好像剜到心臟了，但說到底益紅也不是自己的什麼人，而且他們是處在人群，因此總會有別人出頭吧。他們怨怪郵電所不留個人，所長去開會後，老吳和小張就不知死哪裡去了。

他們耗到日上三竿，才看見鄧所長自第一班經過的客車下來。幾個人像看見救世主跑上去，可憐的鄧所長還微笑著打菸，待明白過來，便像公雞一樣跳起來，跳到門口時撲倒在地。跟隨的人扶起來，見他叉開手指，砰砰砰地拍門，「紅啊。」沒有回應，又喊：「紅啊，我是你爸，紅啊開門。」還是沒有回應，因此他癱軟在地，要背過氣去，眾人扶扶抱抱，下雨一樣地安慰。有個人說：「鄧所長你不是帶了鑰匙

❹儲藏紅薯、番薯的地洞。
❺一般在縣城的叫醫院，在鄉下的叫衛生院。
❻大陸的一個行政機構。各縣都有，在鄉下叫工商所。

嗎？」他這才清醒過來，抖索著翻出公文包裡的鑰匙，將門打開，一股陰風從光滑的水泥地上颳來。

鄧所長跌撞著走進去，那些要跟去的人被女人拉回來，「益紅光著身子的，能給你看？」鄧所長聽見這聲音，返身將門關上了。

人們站在那裡耐心等待它的再次開啟（像謎底之門開啟）。樓上傳來中年男人可怕的哀嚎時，他們以為這個時刻要來了，卻是再無動靜。

有些人已經走掉，又被吉普車聲勢浩大的警報聲召回。民警把鄧所長喊下來，人們看見他努力控制著淚水以及極度悲哀的表情，說：「沒事情沒事情。」民警進去瞭解了些情況走出來，推散人群，「回去，都回去，什麼事都沒有。」

下午兩點，郵電所的門打開，益紅在驚詫的注視下像老鼠沿著馬路邊快步走，穿著一件灰色舊衣。益紅是會穿衣服的，選擇這樣一件出門，大約是因為接下來的事情過於隆重。女人們都是這樣，在隆重的事要發生前，花費一兩個小時挑衣服，起初挑些亮色的，覺得太特異，又挑些暗色的，似乎這樣才能將自己像變色龍一樣隱藏，她們比比畫畫，自我打氣，最終死掉冒險的心，還是挑上這件灰的、舊的、不起眼的。這是一種基於平安的經驗。

她的步態卻無法遮掩。在昨日她還是處女，雙腿併攏，能夾下一枚雞蛋，今日卻是婦女了，腳尖向外，像鴨子一樣邁著羅圈腿，兩腿間能過一列火車。

「她是去糧站討說法的。」

「不是殺他，就是在他面前自殺。」

「她被狠狠搞了。」

「一夜搞了七八上十次。」

「她被毀壞了。」

她走進糧站，來到何飛門前，沒有敲門，裡邊鼾聲如雷。在敞開的辦公室，她挑上角落的椅子坐下，大李倒茶，她說謝謝，小李問等誰，她羞赧，說何飛讓她下午兩點半過來等。

益紅說話時，牙齒密而潔白，像醫生一樣完美。

漫長的等待直到三點結束，何飛拖著拖鞋，穿著背心，提著牙刷走出房門，益紅迎上去，他定睛看了幾眼才認出來，「來得好，等下跟我到鎮上走一圈。」

這是很詭異的事，但是在南方這樣的事很多。人們哀歎幾日好女孩都被爛人糟蹋了，也就習以為常。何飛調到糧油公司，益紅隨著去，就這樣離開小鎮，很少回來。

在傳說中，益紅住進何的父母家，那裡只有六十平方米，因此一老一少兩個婦女容易像雞一樣展開翅膀，互相撕咬。益紅在這方面沒天分，幾天便敗下陣來，乖乖做飯、洗衣、打掃衛生、倒尿盆。起先是隨意應付，後來見婆婆牙尖嘴利，便使上十分力，像是個家庭婦女了。有一日，她思前想後，明白吃力不討好的緣故，因此在飯桌上試著給對方夾菜，還問詢鹽放多放少了，她恭敬著等待笑臉，卻見人家把夾來的菜撥到一邊。這是一個軟硬不吃的婆婆，研習一輩子權術，苦無用武之地，今日逢著了，估計到死也不肯放下手段來。

益紅也會打盹，某日洗完碗在沙發上瞇一會，婆婆走進來，冷氣地說：「又沒有工作，又懶，真不知道誰養你？」這句話讓益紅找了根尼龍繩，想吊死自己沒吊成。可能她要的就是這個吧，她當著婆婆的面給何飛下令，搬出去，現在搬出去。

當人們都搬出糧油公司老宿舍時，何飛和益紅搬進去。好像每天都可能有拎著大錘子的工人進來，但是始終沒來，益紅也就在危房住安穩了，置辦上電話、電視和一些家具。益紅通過電話和郵電所的父親聯繫上，有日，父親說你媽想聽你說話，益紅就約好時間。時間到時，益紅等待很久，才等到媽媽的聲音。

「紅啊，好不？」

「好。」

「身體還好不？」

「好。」

「我想你了。」

「說這些做麼事。」

益紅把電話掛上。益紅那文盲的媽臉色鐵青地離開郵電所，走了很久，才遇見一個認識的婦女，嘩地哭了出來。益紅的媽說：「益紅現在跟縣裡人一樣，說話帶麼事了。」

在被傳說的另一件事中，益紅去菜市場買菜，那菜有五毛一斤的、四毛一斤的，也有三毛一斤的，益紅買了三毛一斤的，出來時找公平秤一秤，短了二兩，因此返回將籃子擲到案上，「你好大的狗膽，騙到縣裡來。」

對方辯護，益紅索性將菜攤的菜一棵棵擲下，兩人由此極其壯觀地扭打半個下午，人們聽到益紅仇恨地說：「鄉巴佬，鄉巴佬，你這個鄉巴佬。」事情在何飛趕來後結束，何飛將地上的菜一個個踩爛，事情就結束了。

而在那個蝸居，益紅幾乎每夜都要與何飛吵架，何飛有點錢就搓麻將，有多少輸多少，因此每次都是絕望的益紅挑起戰爭，她壓抑著嗓音喊：「你說過給我買，你買到哪裡去了？」戰爭每以何飛勝利結束，何飛不施一拳，僅用一句話就可取得勝利。他想什麼時候說就什麼時候說，益紅都會悲哀地坐到一邊，孤苦地哭。

女兒生下後，面貌一半像何飛一半像益紅，不倫不類，倒是性格完全繼承益紅，很小就表現出低眉順眼來。而這個本是益紅的媽遺傳給益紅的。

這個叫何小康的孩子總是站在斜坡上伸出兩根手指，無休止地摳鼻屎，黃昏到來時，她的媽媽益紅就會來接她。在歲月的浸磨下，益紅的白像隔夜豆腐，失去原有的水靈，需要依靠乾燥的粉底和黏稠的油修補，益紅這個美女逐漸皮革化了，像詩裡說的：二十年後老子還是一條好漢，而你不過風韻偶存。

益紅有時坐下來和孩子一起看。南方的黃昏就是這樣，很多分子往下掉，樹木、山崗變得深沉，山後是太陽暗橙色的光芒，就像那裡有艘巨輪在緩慢地下沉。

農業糧❼益紅看完了，帶著女兒回去。

❼在中國大陸，人口分為兩種，「農業戶口」和「城鎮戶口」。在糧食供應上，「農業戶口」吃的是自產的「農業糧」，「城鎮戶口」吃的是供應的「商品糧」。

兒子

兒子

每個鎮上都會有一個像阿珍這樣的女人，既沒有屁股也沒有乳房，黑黑的，瘦瘦的，不得不走過眾人時，總是駝著背，紅著臉，將兩手撇在腿後，一步快似一步，像隻老鼠，或者說幽靈。她的腦袋還老是搖來晃去，好像在說不，不要喊我，不要找我，我害怕，讓我回家。

她有工資，但是工資不夠糊口；有房子，但是產權屬於工廠；也有丈夫，但他已待在遺像裡。說到底，她只有一個孩子。這個孩子皮膚白嫩，五官端正，眼睛如圍棋子般黑亮，愛笑，剛剛像其他孩子一樣學會了搗鳥窩。他證明上帝並不總是那麼冷漠、慳吝，我們可以將他視為阿珍唯一的財產。

今天我們這個故事就從阿珍失去這個孩子開始。

那是個週五的下午，天空、圍牆、車床、庫房都像往日一樣靜默，只是路上駛來了一輛轎車。阿珍看到它駛進廠區時，右眼皮猛跳，她覺得不是什麼好事。果然，到下班時廠長小跑著過來打招呼，說副縣長要進車間視察。加完班後，阿珍想，自己得回去了，不然孩子餓著了。卻未提防副縣長發了一句話，說今天一定要好好和一線勞動者喝一杯。

這個女人就像被無形的繩索給拖到食堂，在那裡她本可以和其他工人一樣吃飽了先走，卻又因為不懂事錯坐進一張桌子而被耽擱了。這張桌子後來坐下副縣長、廠黨委書記、廠長以及若干副廠長，她要退席，被副縣長給留下了。這樣，別桌的屁股挪得，這桌的屁股就挪不得，何況副縣長還給這桌的三個工人代表先後敬了一杯酒。阿珍聽到酒杯碰一次，心裡就數一次，數得差不多了，忽然聽到咣噹一聲，廚房師傅又搬來兩箱。她知道災禍到了，兒子餓了，慌了，要出來找她，找不到就在公路上搖搖晃晃走，給車子軋死了。

天色已黑，阿珍才像個自行車運動員一樣屁股不沾座位，焦躁地往家裡騎行。到家後在小廳裡沒有發現兒子，她笑了下，走向臥室，在那裡她拉開衣櫃，又爬到地上往床底下望。就是在這黑暗中她還在笑，她笑著用手去撈，卻只撈到一把空。她又撈了一把，還是一把空，因此她哭泣起來。

她走到對門敲開何姨的門，問看見小明了嗎？

「一小時前還看見了，在門檻上坐著呢。」

「可是他現在不見了。」

「你別急，他總會回來的，小孩子就是這樣，玩盡了興就會回來的。」

何姨的這句話派出所的周警長也說了一遍。周警長接過阿珍顫巍巍敬來的菸，抽了一口將它掐滅在菸灰缸，然後說：「你別急，他總會回來的，小孩子就是這樣，明天一早他準會回來。」

周警長說的時候語氣自負，冷漠，說完就拿小手指輕輕擦刮背靠著他的情婦的屁股。警察這職業和醫生一樣，見的都是生死，對你來說洪水滔天的事情，對他來說只是數據之一，何況他還依靠經驗迅速判斷這樣的事情不值一提。

阿珍孤零零地坐在那裡，聽到周警長叫她走時，她才抓住一句話，她說：「我兒子一向很乖的，從不亂跑。」

「我說你有完沒完？你知道有多少父母跑來派出所說自己孩子丟了嗎？你知道又有多少人第二天跑來說孩子自己回家了嗎？你知道我們一天得處理多少事情嗎？你知道

我們警力總共有多少嗎？你這不是無理取鬧嗎？」

阿珍一下嚇得站起來，瑟瑟發抖，竟不知是走好還是留好。因此她一直恐懼地站著，直到周警長下達判決：「快點回去吧！」她才像木偶一樣轉身往外走，走出來後，竟感覺好像是從監獄裡釋放一樣。

走到門外，她看了眼派出所垂直的六層大樓，它就像一座紀念碑插進黑色的雲層，而周圍的房屋不過是一副又一副低矮的棺材，擠挨著聽候著它的指揮。她不禁腳步軟了，軟得一塌糊塗，她想快快逃離，可這時從大樓四層伸出一個腦袋來。周警長趴在那裡喊：「那個穿Dacron的婦女站住。」

阿珍站住，乖乖轉過身來，聽見周警長的聲音軟了一些：「人口失蹤都是要二十四小時後才來報警的。我是按照法律辦事的，法律說什麼就是什麼，希望你能理解。」

第二天早晨兒子沒有回來。晚上一到，阿珍早早來到派出所，她蹲在對面的幾棵樹後邊，不停看錶。看到時針走到晚上十一點了，才深呼吸著走出來，走進派出所值班室。

周警長歪著眼睛看了一眼她，又看了一眼，說：「你做什麼？」

「我來報案，我昨天來過，我孩子丟了，過了二十四小時了。」阿珍說，「辛苦周警長了。」周警長頭也不抬。

阿珍沿著電線杆貼了很多尋人啟事，又騎自行車尋訪了多個村鎮，終於病倒了。那病就像一個鏟子，對著阿珍乾瘦的身軀猛挖，挖到後來沒得挖了，阿珍就拉著何姨的手說：「小明死了，我也就死了。」

「誰說小明死了？」

「我估計他死了。」

「你真是說胡話，一定是拐賣走了，現在在人家當寶貝一樣吃香的喝辣的呢。」

阿珍話雖說得哀楚，過幾天卻努力爬起來，歪歪扭扭騎自行車去化工廠上班了。開始幾天工友們看她時眼神奇怪，過幾天就習慣了。有一天阿珍坐著吃盒飯，旁邊恰好坐了一位慈眉善目的大姐，大姐問：「阿珍還難過嗎？」

大概是大姐年高德劭，阿珍望了眼她，終於鼓足勇氣說了很多話：「大姐，我想開了，人總是要死的，不是七十歲死就是三十歲死，不是十幾歲死就是五、六歲死，總是要死的，誰都逃不過。小明與其以後受苦受難，倒還不如現在死了算了。」

「你沒事吧？」

「我能有什麼事，我總是要活下去的，我爹死了你說我活了沒有，我娘死了你說我活了沒有，小明他爸死了你說我活了沒有，我有什麼活不下去的？」

大概三個月後，阿珍鏟起東西來力氣和以前一樣，飯量甚至比以前更大，有時候聽到人講笑話還掩嘴偷笑。就在這樣太平無事的時候，忽然有一天廠保衛幹部像被颶風颳來颳去的樹，搖搖晃晃移過來，他手裡捏著電話紀錄，左喊一句「太好了」，右喊一句「阿珍」，一直把全工廠的人都喊出來了。

「阿珍，太好了，小明找到了，找到了。」

阿珍身體一下軟了，兩隻手先是搭著人的肩膀，接著一路滑下去，最後整個人歪倒在地，待人們七手八腳將她拉扯起來時，鼻涕眼淚已經像江河淌到她的下巴。人們正要安慰，她那醜陋的臉上卻是已出現了痙攣性的笑容，那笑容像是漣漪，一層層往外撥。她像是輪番給人發喜糖一樣，積極熱忱地拉著每個人的手說，好，好，太好了。

請了假的阿珍風馳電掣地騎回家裡後，數了十幾顆雞蛋，又找何姨討了十幾顆，裝了滿滿一籃，就要往派出所趕，忽然眩暈起來，只能扶著牆喘氣。何姨問：「怎麼還在這裡？」

「我想走，可我就是走不動。」

「走不動也得走。」

「可我就是走不動。」說著說著阿珍又笑起來，何姨看了眼，便扶著她攔了輛三輪車，一起去往派出所。剛上車時阿珍還在笑，可是等到車子卡奔卡奔跑歡了，阿珍就憂心起來，止不住又擦眼淚，說：「不知道餓多瘦了，不知道還認不認這個娘了。」

到派出所時，這種惶恐又增加了一層，因為派出所可不像工廠那樣歡喜熱鬧，它還是一樣肅穆靜默，一點聲響都沒有，就好像裡頭坐著一個深不可測的黑泥判官。何姨看見了阿珍的這種想法，說：「你以為是他們的孩子撿回來了啊。」

她們規規矩矩地走進值班室，發現那巨大的松黃桌面後正正經經坐著五個人，有派出所戴綠帽子的周警長和聯防隊員，有醫院戴白帽子的王大夫，有小學戴禮帽的李老師和戴小白帽的班長。他們五個人緊扣嘴唇，像開會一樣嚴肅。當阿珍將一籃雞蛋放到桌上時，周警長將臉撇到一邊，擇擇手說：「有什麼吃頭？」

他問姓名、性別、住址，接著問：「你兒子叫什麼？」

「黃小明。」

「黃小明是不是丟了？」

「是。」

「好，我們幫你找回來了，你過來簽字畫押。」

阿珍兩腿顫顫地走過去，用筆把自己的名字畫到人家指頭點的地方，又拿食指摁了印泥，將指紋按在名字上邊。然後她朝四周看了好一圈兒，究竟是沒看到自己的兒子。這時又是周警長大手一揮，說：「老吳，你去將失蹤人口從留置室提出來，交付這位母親。」一聯防隊員隨即起立，從桌上拿起大串叮噹作響的鑰匙，筆直朝外走。

阿珍止不住要跟著走，又聽周警長說：「其他人等不要跟隨。」阿珍便轉過身捉住何姨的胳膊，她實在不知道為何要在這裡站著，也不知道應該採取什麼站姿，她瑟瑟發抖，就像被他們的眼睛剝光了衣服。最後她試探性地將目光抬起來，看到那個小學班長成熟地對她點點頭，露出一張節制的笑容。她好像覺得自己也要講講禮，擠大了笑容向他回敬。

然後他們一起看到聯防隊員提著鑰匙串慌裡慌張地跑過來，一根手指還滴著鮮血。他聲勢浩大地喊道：「我戳他娘，還咬人，咬破老子手指了，我得趕緊打防疫針去。」

周警長將牙齒咬了幾遭，說：「老吳你這個沒用的東西，你非得抱，你就不知道用盒子端過來嗎？」

「我沒找到盒子啊。」

周警長氣憤地起身，將聯防隊員的鑰匙一把扯過來，背著手吼吼地走了，阿珍一直目送著他的背影消失在轉道，禁不住為孩子擔心起來。這樣粗壯的漢子要是過去踢幾腳，小明的肋骨還不都斷完了？

不一會兒，她就像被悶棍給狠敲了一下，幾乎站立不住。因為大搖大擺走過來的周警長將提著的紙盒子忽然一把丟在地上，阿珍清楚聽到裡邊傳出一聲猛烈的慘叫。她想這孩子是自作孽不可活，眼淚忽而一下滴到紙盒上。

「開吧。」周警長拍拍手掌說。阿珍的手顫抖起來，不敢拆。「開吧。」周警長又說了一遍，阿珍回頭看了眼何姨，何姨用眼睛鼓勵她，她就一把拆開盒子。她看到那裡蹲著一條狗，一條小狗，一條搖著尾巴的白色小狗。那狗也看著她，可憐兮兮地看著她，那狗頭中間有團毛是黑色的，弧形，像眼睛，整體看就像是長了三隻眼睛。

「不是我的兒子，不是我的小明。不是。」阿珍的頭劇烈地搖起來，她就像看見了天堂忽然一下又掉進地獄，支撐不住就撲到何姨的肩膀上哭。可是她不知道災禍還在後頭呢，那周警長此時威嚴地說：「不是？你說不是就不是？」然後他扯住阿珍的衣服將她拖到醫院王大夫面前，說：「你問問王大夫，看看他是人是狗？」

「我摸過他的下身和骨骼，是人類，是兒童，是六到七歲的兒童。」王大夫扶著眼鏡說。

「可是我兒子身上沒長毛啊？」

「那是你的幻覺，你出現了過激反應。一般人在經歷巨大刺激時，往往會出現這種反應，毫無疑問，你現在所處的就是這種情形。」

這時周警長又將她捉到李老師前邊，說：「李老師你說說，牠是不是黃小明？」

「是的，我可以以人格擔保，他是我們班的學生黃小明。」

「你讓牠叫你一聲李老師試試？」

李老師沒答話，小明班的班長卻已小跑過來撫摸盒子裡的動物，親切地說：「小明，小明，是我啊，我是班長，你怎麼不會說話了？」

「他在外邊待了這麼久，驚嚇過度以致失語也是有可能的。」王大夫補充道。

「可牠的叫聲明明是狗的叫聲。」阿珍說。

「那還不是跟野狗一起混多了。你沒聽說過狼孩的故事嗎？」周警長一拍桌子，然後扯起一張證明書，對何姨說：「你想必是鄰居吧，你來說句公道話，他到底是不是小明？」

「是小明，是黃小明。」何姨點著頭，拿過筆，在大夫、老師、班長後頭簽上自己的名字，又遵照指示穩重地按上自己的指紋。然後周警長雙手一拍，聲音洪亮地宣判：「居民劉益珍聽好，你兒子黃小明已被警方尋找到，請你速將他領回家，好生管養，出了任何問題，拿你是問！」

阿珍抱著小狗回家，就像貞女被迫抱著陽具遊街，肩膀和手臂因為厭惡不住顫抖，而頭顱又開始左右搖晃起來。

她回到家，像周警長那樣，將牠往地上一丟。如果是小明，他就摔在地上摔死了，可牠是一隻比貓還輕盈的狗，牠像是羽毛一樣輕輕落到地上，翻了一個滾兒，然後站起來看著她，仰著頭，一動不動。

「看什麼看？」阿珍跺著腳喊道。那狗的頭顱往後縮了一下，可是整個身軀卻並沒有後退。接著她又跺了一下腳，可牠仍不知後退，反而搖起短小的尾巴。阿珍走過去對著牠的肚子踢起來，她感覺她的鞋尖撩起了牠，牠像一只皮球飛起來，然後又像一片羽毛落下來，牠嗷嗷地叫了兩聲。

阿珍一直將牠趕到床底下，「不要出來！」她這樣命令道。可是在阿珍一個人坐在床沿發呆時，牠又悄悄爬出來，用牙齒咬她的褲腿子來扯，直到牠因為撕扯得歡了而發出嗯嗯的低叫聲，阿珍才好像一具失去魂魄的屍體驚醒過來。憤怒的她爆發出巨大的力量，一把甩開牠，想一腳踩死牠，可是當那腳掌要挨上時，她聽到那句話：「出了任何問題，拿你是問！」

她拿腳輕輕摩擦著小狗脊背，像是少女在溪邊用腳戲水，可是內心卻咬牙切齒，她終於厭惡地撥走了牠。

此後她和牠就建立了一種冷漠而平靜的關係，就好像她家來了一位不待人見的遠方親戚，雖然不能驅趕，但是始終要讓牠明白：你是寄人籬下的。

真正的情感變化出現在小狗生病後。那天小狗好像是養尊處優慣了，總是耷拉著頭，像老人一樣打著呵欠。阿珍撈起牠要帶牠上班，可牠卻顯得不情願，總是要溜下來。阿珍想牠懶到已經不願叫喚了，就給牠倒滿了一碗水，盛滿了一碗米飯，將牠留在家裡。

夜晚下班回來，阿珍進屋後，發現米飯還是一碗放在那裡，水還是一碗放在那裡，小狗已經不在原地，地板上這裡留下一點口水，那裡留下一滴狗屎。阿珍沿著這些軌跡，找到床底，找來手電筒一照，發現牠的尾巴露在外邊，而整個身軀瑟瑟發抖縮在一堆爛棉絮裡。

阿珍將牠小心抱起來，搖著牠，哄著牠，就像當年抱著還小的小明一樣。大約是因為這難得的溫情，小狗叫喚起來，牠叫得那麼黯淡，又那麼努力，就好像一個寂寞的重症病人看見探望的親人來了，努力扶著欄杆坐起來。

阿珍看著這布滿眼屎的小狗的眼睛，說：「小明啊，小明，以前別人把你當成小明我不同意，現在就是別人說你不是小明我也不同意。小明啊，小明，你就要死了嗎？媽媽我已經看多了死亡，媽媽有一天也會死掉的，小明呀你不要害怕死亡，你死亡的時候媽媽一直陪著你。」

她就這麼把小狗當成自己的兒子說話，起初還只有些憐惜的溫情，後來便完全投入了，禁不住嚎啕大哭起來。她又是哭真的小明杳無音訊，又是哭假的小明死期將至，又是哭自己其實和這小狗沒有區別，被人類安排來安排去，呵斥來呵斥去。到最後她發了癡怔，竟然對著小狗喊：「阿珍啊，阿珍，你不要死啊，你死了小明怎麼辦？」

我們今天講的這個女人是個上帝不待見的女人，但是她總能有辦法使自己活下來。實際上我們已經見過很多這樣的人，他們活得悲苦，活得堅韌，活得長久，活得像一頭牲畜。她不但自己活了下來，還順帶把那條叫小明的狗也拉扯著活了下來。這條狗因為逃離了病痛和歧視，比以前越發歡快，該乖的時候乖，該鬧的時候鬧，竟是讓阿珍平添許多笑容。

後來有一天晚上，周警長打著電筒出來夜巡時，跟聯防隊員老吳講了這個命題，他說：「阿珍這樣的女人就跟一頭母豬一樣。有一年我去鄉下看殺豬，屠夫去豬圈提豬仔時，母豬看著小豬離開，眼神焦躁不安。到屠宰場後，誰料那豬仔看到刀光就像看見宿命，一下嚎叫起來，這叫聲自然驚動了牠的母親。那條母豬，那條一天不吃不喝的母豬，這時爆發出驚人的力量，翻爬出人類都不見得能翻越的豬圈和圍牆，心急如焚地跑出來，看見人就拿獠牙拱，一直拱到屠宰場，將屠夫拱得棄刀而跑。當時連我也嚇跑了，我都忘記我是有槍的。直到來了一個農婦，一手拿著竹竿，一手撒著飼料，邊輕輕打牠，邊咯咯咯地叫喚，把牠趕回豬圈了，又加了許多豬食，那母豬就歡快地吃起來，就是牠兒子死時叫得再慘，也抵擋不住牠好好吃下去的決心。阿珍這樣的人就跟一頭母豬一樣啊。」

兩人邊走邊聊，藉著月光看到一道黑小的身影，使躡手躡腳走到屋後，待牠心無芥蒂地走到眼前時，周警長流下口水，捅捅聯防隊員的胳肢窩說：「餓了。」聯防隊員會意，像老虎一樣撲過去。他的動作如此迅速，以致小狗正要叫的時候，嘴已經被摀緊。此後他們帶著這份獵物一路小跑，一直跑到鎮上一家餐館旁邊，在那裡靠牆倚著一副人力板車架。周警長用巨大的手掐住狗脖子，將牠頂在人力板車架上，然後用手電筒照牠的眼睛，看見牠的額頭有一小團黑毛，就像是第三隻眼睛。

「還是二郎神楊戩呢。老吳，趕緊去找個錘子來。」周警長邊說邊拿手電筒擦小狗還沒長大的陽具，不一會兒那裡便有一泡緊張的尿射出來，周警長就笑了。不久，他帶著笑容，在黑暗中操起釘錘，迎著那哀楚、可憐、乞求、絕望的目光一把敲下去。先是狗的天靈蓋碎了，接著狗的頭垂下來，最後從牠嘴裡飄出一聲死亡的輕歎。

狗肉燉好後，周警長呲了一口白酒，夾起一片灰黃肥膩的狗肉塞進嘴裡，吧唧吧唧吃了很久，閉著眼陶醉地撫摸著老吳的胳膊說：「狗崽的肉就是比老狗好吃，大補啊。」

接著他就陷入到沉思當中。他沉思的時候就是這樣，一個人苦苦思索，沒有人敢吃菜，沒有人敢說話，非得等他將桌子一拍，說出答案來。他這次的答案來得有點慢：「我想到這個字了，陰。陰，陰，陰——像是被什麼卡著了。狗就是這樣叫著死的。」

※附記：根據電影《陌生的孩子》和「狸貓換太子」的傳說改寫，感謝徐曉老師對原本冗餘的此文進行刪節。

楊村的一則咒語

楊村的一則咒語

一隻蟲子貼地飛行，在這個世界莫名失蹤，一隻雞跟著失蹤。這是故事的起源。雞的主人鍾永連斷定鄰居吳海英將它偷了。證據有二：一、鍾永連一直尋到吳海英菜園，發現爪印消失於此；二、吳海英家飄出燉肉的香味。吳海英是不好惹的女人，喜歡打架，打不過燒人屋。鍾永連想自己那陰沉得像殺手的兒子在家就好了，他很久沒打電話回來，也不匯錢。

黃昏降臨時，瘦弱的鍾永連想到兩個問題：一、這看似和睦的關係不是她鍾永連破壞的，也不是靠她一人維護就能維護的；二、一隻雞說大不小，說小不大，拖明天處理，就過期了。因此她到村裡兜一圈，說：「你有看見我家的雞麼？」或者，「說來奇怪，好好一隻雞，偏不見了。」人們問她找了沒有，她說：「我只知道牠最後朝東邊園子去了。」這是丈夫教的策略。他臨終時交代，如果非要找個道理，最好先去村裡轉轉，做做群眾工作。最後鍾永連來到吳海英家門口，連唱三遍：「也不知道是誰偷了我家的雞。」吳海英問：「二娘，出什麼事了？」

「也不知道哪個狗癟偷了我家的雞。」話說出口時，鍾永連感覺自己正朝一場可怕的戰爭滑去，但在吳海英說雞自己會回來時，她反而更狠，「死了怎麼回，都吃到肚子裡怎麼回？」鍾永連說話時頭是偏向一邊的，吳海英似乎懂了。「二娘該不會認為是我吧？」

「誰做了誰自己心裡清楚。」鍾永連下達判決後要走，被吳海英扯住衣袖，她甩掉，「死開。」吳海英便吼：「今天你說清楚，我什麼時候偷吃了你家的雞，說清楚再走。」

「我沒說你吃了，是你自己說你吃了。」

「我哪裡說我吃了？」

「吃了就是吃了，不就是一隻雞，對不了證的。」

楊村此時正下著雨，雨像大排大排省略號斜颳過來。吳海英捉住鍾永連衣領，冷靜看那張濕漉漉的臉，狠抽了一記。後者的眼淚和鼻血湧出來，臉也變形，這樣便有了雙重恥辱。當吳海英要搧第二記時，她又想自己終歸死了丈夫，因此悲啼一聲，撞向吳海英，後者連退數步，坐倒在地。吳海英匆匆爬起，揪住鍾永連的頭髮（像揪一把稗草），又扯又擰，直到將鍾永連拽倒在地。人們趕來時，發現鍾永連匍匐於地，一會叫丈夫的名字，一會叫兒子的名字，那吳海英在一旁搓手，她的丈夫叫她回，她不回，說：「是她先誣陷我偷她雞的。」鍾永連便連續拍打泥水，說：「還說。」有幾個女人去拉，剛拉起，她又撲下，不一會手腳抽搐。

「裝。」吳海英說。

「你能不能少說兩句。」她的丈夫將她往屋裡捉，她卻仍說：「大家今天在這裡，她誣賴我偷她的雞，我要偷了我撞死在她面前。」鍾永連坐起來，用手指戳她：「好，要是你偷了，今年你的兒子死；要是沒偷，今年我的兒子死。」

「要是我偷了，今年我的兒子死。」吳海英說。

「看是誰的兒子死。」然後鍾永連又說：「我就不信。」她說得如此果決，以致回到家後多少覺得討到一絲公平，她顧影自憐地抽泣，睡過去。第二天早上，那隻雞回來了，羽毛濕答答的，腿上紮著紅布條，像落魄的隱士孤獨地刨土。她將牠偷偷抱回家，弄死了。

鍾永連以後見吳海英總是愧疚，直到一天醒過來：吳海英沒偷雞，不能說明任何問題。她若真是個賊，僅僅因為沒偷這隻雞，就應該是個好人了？她有意識想那腥的味道，吳海英揪她頭髮，將她拽到泥水，讓她吃這味道。

在重新遇見吳海英時她抬頭挺胸，像對方一樣輕蔑。後來興起，還在籬笆上紮薄膜，防止雞飛走，並讓女婿在每隻雞腿的紅布條上寫字：偷雞者死。

她們從此老死不相往來。

進入臘月，整個楊村為吳海英兒子國華從東莞歸來而激動。他開著白色別克車，輪胎輾過冬草、石塊，沒有發出任何聲音。國華像國家領導人那樣穩重地拉動手煞車，砰地關上車門，按響遙控器，靜止的車便像受驚一樣啾啾直叫。一個二十二、三歲的外地女子站在旁邊，含情脈脈地看他。她皮膚細嫩白滑，臉盤小到單手可握住，眼睛散射著外國女郎那樣的光，頭髮短促濃密，染著晚霞一樣的紅色。她大冬天穿一身紮住腰部的灰色長T恤以及一條黑皮褲，顯現出玲瓏的曲線和瘦長雙腿。她不拒人，總是露著石榴細牙，天真地笑。

「西西，進去。」國華召喚著。她邁著羚羊步子，乖乖消失於吳海英家。再沒有比她更美的人了。楊村的男女一整天心間空蕩，總是颳著讓人痛苦又心醉的風。而她從此不再出門，直到吳海英催促出來多轉轉，國華才帶著她潦草地走了幾家親戚。吳海英倒是每天紅光滿面，控制不住地到處走。大家知她想要什麼，便讚，她說：「哪裡，哪裡，女孩子的父母還沒同意呢。」要是別人不說「遲早的事」四個字，她便接下去說：「交換了戒指的。」這時，大大咧咧的她根本顧不上嘲諷鍾永連，後者卻覺得沒有比這更大的羞辱。

鍾永連去了鎮上，掏出紙條讓老闆撥打。她想命令兒子國峰今年無論如何帶一個姑娘回來，哪怕是租。電話一直不通。鍾永連說：「你再撥一次呢，是不是撥錯了？」老闆重新撥，結果更壞，對方關機了。國峰是冷性的人，從來不說在哪裡打工，也不打電話。要是擔心，他就說：「你一把老骨頭，我不擔心你你倒擔心我，是不是吃撐了？」有年春節他去鎮上玩，天黑才赤腳跑回，臉上有傷口，但就是不告訴鍾永連發生了什麼事。還有一年他沒出門，跟舅跑運輸，舅病了，他將車開到安徽，拋錨了，打電話回來。舅千里迢迢趕去，發現車門開著，鑰匙插在方向盤下，人早已不見。後來國峰還說：「你說這樣的破車是不是早該扔了？」

鍾永連走進派出所。她將圍巾圍在頭頂。一位聯防隊員接待了她。

「我來報案。」

「你是誰？」

「你不要管我是誰，我來報案。」接著她用手掌遮住嘴，湊到對方耳根說：「國華回來了。」

「哪個國華？」

「賭博跑了的那個國華，回來了。」想想她又說：「還帶回來一個女的，我看像是做雞的。」

「謝謝老嬸。」

他們是該謝，這派出所從設立開始便靠罰款運轉，去年捉一桌，每人交四百罰款，獨獨國華跑了。影響不好，好多人都說國華不交他憑什麼交。

幾天後，派出所派來警察、司機、聯防隊員各一名，突然襲擊，像逮一隻活蹦亂跳的兔子那樣將國華逮出門，那個叫西西的女人跟在後頭，像電視劇裡的女人那樣說：「為什麼？為什麼？」

「滾開。」蓄著一簇史達林鬍子的聯防隊員吼道。西西便不停拍打他。她的普通話很好聽，即使是在說惡狠狠的話時也很好聽。她咬緊腮幫，眼淚迸出來，說：「警察就可以隨便抓人啦？警察就無法無天啦？」那幫人如果說有遲疑，也是遲疑於美色和她孩童般的認真。不一會他們將國華抬走，留下一堆塵煙。

吳海英割完豬草回來，聽說了，腿腳打顫，昏死過去，西西則蹲在一旁哭。鍾永連透過窗戶看，冷笑幾聲，心說活該，想想沒什麼好怕的，在屋裡走來走去，大聲說活該活該。

半小時後，國華竄回來，在西西額頭一吻，跑到二樓，藏起來。不一會他又跑下來說：「就說我翻山跑了。」黃昏時，小分隊果然殺回楊村，他們闖進吳家，粗暴而潦草地搜查一遍，提起吳海英的衣領問：「你兒子去哪裡了？」

「我不知道。」

「你兒子去哪裡了你會不知道？」

吳海英偏過頭。

「翻山跑了。」那個四川姑娘悲傷而冷靜地說。

「跑了？」

「是，跑了。」

聯防隊員湊過來，將手電筒的光射向她的面龐。她閉上眼，咬著嘴唇，緊繃的臉皮不時顫抖，長長的睫毛留下一道陰影。

「跑了？」

「是，跑了。」她加重語氣。然後聯防隊員說：「你的暫住證呢？」

「沒有。」

「必須有。」

「沒有。」

「那你跟我們回去調查調查。」

「為什麼？」

手電筒猛然打向她嘴巴，她突然癱瘓了，軟在地上。他們說走、走，拖起就走。一雙高筒皮鞋蹭來蹭去，蹭不動時，她的眼神浮出絕望，就像砧板上的魚望見菜刀。她就是這樣向一堆陌生的親人浮出一枚絕望的眼神。後者全都受不了，一個個跑回家。當她被拖到穀場時，他們像騎兵從四面八方湧出，圍住小分隊，提起掃帚、曬衣竿、木棍甚至菸袋不停打。混亂中只聽見文弱的警察喊冷靜點冷靜點，但是誰也沒辦法冷靜。他們最終停下來，還是因為從遙遠處傳出一聲喊叫：「住手。」他們閃開道，讓那開著別克帶著美姬回家卻一度躲在穀倉的王子高舉菜刀，像個真正的勇士衝過來。他還沒站穩，就一刀，毫不遲疑，一刀剁向聯防隊員的胳膊。所有人閉上眼。事情走向不可逆的恐怖。就連國華自己也不敢相信，舉刀頓在那裡。只有鍾永連在心裡鼓勵他：「剁呀！剁！快剁！剁死了，你也跟著死。」他又連著往下剁。

沒有血。沒有話語。這個剁死人的過程極其漫長，以致連受害人也忍受不了。聯防隊員奪下菜刀，說：「有種別用刀背剁。」國華忽而覺得受了奇恥大辱，生生又搶來一把柴槍，要捅死他們。派出所來的三個人這下全醒了，像牛四散奔逃，好一會才知會合，爭先恐後地消失在遠處的小徑。

派出所的人最終沒有回來。吳海英在省裡的表侄給縣委打電話，縣委找公安局，公安局長將正朝楊村行進的十八人大部隊喝止了。公安局表示不再追究國華，吳海英的表侄也表示不追究公安，此事到此為止。但國華還是帶著受驚的尤物，倉皇離開鄉村。

打工的人慢慢歸來，在孩子們面前變化出會唱歌的紙、黃金手機以及不會燃燒但是也會吸得冒煙的香菸，這些東西修改了楊村。鍾永連每次都跟著到村頭張望，寄望於高大的兒子出現，始終沒等到。她問可曾知國峰在哪裡打工，他們都不知道。

她去鎮上撥打國峰手機，老闆說停機了。他說停機的意思是手機停用了，可能沒交費，也可能是因為被搶了，廣東搶東西都是騎摩托車將人拖倒在地，拖幾十米。

她抵擋不住持續性失眠的折磨，一天坐在椅上睡了。在夢中，國峰變成小孩子，臉色蒼白，說話喑啞。她舀出一勺稀粥，攙上藥，細心吹拂，「吃啊，孩子，吃一口，吃了就好了。」但國峰總是淒慘地望她，輕輕搖頭。這時她就陷入到一種無奈的焦灼中。她端走碗，回來時見床上趴著一隻巨大的墨魚色怪物——它的胸部嵌著枯瘦的肋骨，臟器急遽起伏，一些腫囊被刺破，暗紅的血沿著經脈垂滴下來。四肢則像剝了皮的兔子。它半蹲著，用右手撐住床板，試圖將衰竭的身軀頂起來，一直屈著的雙腿像篩子那樣篩動，蓋在它身上的棉被滑落下去。它的黏著幾根毛髮的鵝卵型巨大光頭，沒有眼睛，沒有耳朵，沒有鼻子，只剩長著利齒的嘴大口喘氣。它喘氣時，腮部令人揪心地開合，四周湧出腥氣。它晃著晃著，將要倒掉，手猛然一伸，撈住她，她便醒來。她感覺手腕又冷又痛。

她匆匆去姑娘家，找到正在陽光下打牌的女婿。

「國峰這麼久不打一個電話回來。我夢見他長了血淋淋的翅膀和尾巴，有些擔心。」女婿沒有說話。「你是他姊夫，你去找找他。他姊疼他。」女婿看看她，想說但最終沒說。「你去找，你把他找回來，你是他姊夫啊，我只這麼一個兒子。」

「怎麼找？」

「你總會有辦法的，你快去幫我找，求你了。」

「中國那麼大怎麼找啊？我連他在廣東福建都不知道。」

「你總會找到的，你們年輕人有辦法。你就把他找回來跟我過個年，過完年他跟你幹什麼都可以。我身體不好，就是想看一眼他，看到就踏實點。」

女婿站起來，鍾永連忽然跪下捉他褲腿，她拖著膝蓋，眼淚汪汪地說：「我怕是國峰死了，真的已經死了。」

「亂說什麼？」女婿說。看到妻子走過來後他又說：「好吧。」

「你發誓。」

「我發誓。」

女婿拿著鍾永連的五百元，到縣城轉了一天回來，還回五百。他撒謊，說在火車站碰見鄰鄉李元戎，得到信，國峰再做幾天就回。她不信，他拿手機撥給李元戎，李元戎說：「二娘啊，國峰快回了，現在一天能賺一千，他要賺夠才回。」小年過去後，村裡在廣東打工的國光回來，印證了李元戎的說法，國峰和國光在隔壁廠，國峰這幾天正加班，工資翻倍，一天能賺四百。是國峰託他帶信回來的，大年三十準回來。

「國峰現在怎樣？」

「還是不愛說話，留了長髮，氣質像詩人。」

鍾永連知道國峰賺錢是為著去佘村推牌九。每年正月初一，佘村廟前便擺十張桌子，吸引四面八方的打工仔去，有個叫志剛的人做莊幾年，去賭的人開始幾百幾千，後來幾萬上十萬，辛辛苦苦打工一年就為著到此輸光，然後借錢買火車票再去南方。國峰去年頭四天贏，第五天輸光。回來時眼睛通紅，喝了一碗粥便走了。

大年三十這天上午，鍾永連擺出爐子燉雞、鵝、牛肉和肘子，洗菜，看著火候差不多，將腐竹丟進湯鍋。中午，菜都涼了，她仍待在家裡，慢慢做著已經做完的事。這時她就像戀愛中矜持的女方，即使有再多的欲求，也只藏在心裡，絕不邁出家門一步。她要等他心急火燎地闖進來，叫一聲，才轉過身，將桃花般的笑容打開。

「回了啊，國峰。」

「是啊，回了，媽。」

她只在等待這兩句話。但是光陰卜陷，村外的路與空氣灰暗而凝滯，沒有車輛的聲音，也無喧譁，只有幾個孩子悄悄放鞭炮。然後天黑了，像倒下很多墨汁。鍾永連坐在檻上，眼淚往下掉。

夜晚十一點時，家家戶戶閉門，鍾永連也要掩門，卻見遠處天空射出一束筆直的弱光。她僵立著，直到它越來越大，分明朝這邊射來，才振奮起來。「這車燈像金箍棒，在天空攪來攪去啊。」她想，然後小跑，跑了一會覺得慢，索性放開步子像男人那樣跑。

這是輛麵包車，路過她時停都沒停。

她坐在路上開始哭，她痛，全身痛。她的鞋掉了，石尖割壞腳，還摔了一跤。他的兒子不回來了。但在她感到再沒什麼能告慰自己時，那輛分明是駛向別地的麵包車又折回，朝著村裡開去。它恰好停於她家門口，不肯熄火。

她跑回去。

國峰將一只簡單的包拎出來，丟在地上，從褲兜翻出兩百，給了司機。他還是那麼冷漠。鍾永連撿起包，說：「師傅要不要在家吃個飯？」那司機沒應，將車開走了。

「怎麼回得這麼晚？」她問。兒子有些煩躁，「坐一天一夜火車，在縣城一直租不到車。」

「餓嗎？」

「餓。」

「我去給你熱菜。」

「喝粥。」

「大過年喝粥做什麼？」

「喝粥。」

國峰的聲音小，但還是威嚴。他又說：「睏，做好了叫我。」然後他閉著眼，熟練地走向臥室，轟然倒在床上。鍾永連弄了很久才將他身下的被子扯出來，蓋在他身上。然後她懷著極大的踏實和極大的空虛去熬粥。她洗鍋，淘米，倒入大量的水。她知道兒子喜歡喝清湯一樣的粥。越清湯寡水越好。她等候著，覺得磨人，就去搖瓦斯桶，有時覺得熟了，揭開鍋蓋，一股白氣冒出，用湯勺舀出來，卻還是硬的。稀飯做好後，她盛上一碗，忍著滾燙端進臥室，喚了一聲。被窩裡傳出細微的響動，他遙遠地唔了一聲。

「峰，起來喝粥。」

他沒回答。她坐在床邊等待。坐火車起碼三千里，從縣城回少說又六十里。她悄悄掖被子。窗外開始飄落大雪，這時多寧靜啊，我的兒子熟睡著。窗外飄著大雪。

過了一陣她又喚：「峰。」

沒有回答。

她便像老母牛那樣，將臉龐湊去，溫柔地喚：「峰，快起來，先吃點，吃過了再睡。」一這樣喚著她有些害怕，去摸他臉，卻是冰塊一般冰。探鼻孔，氣息已微弱了。她搖他，就像在搖一只晃來晃去的水袋。因此她急，去拉他，手從滑雪衫上滑下，便捋起他的衣袖，捉住他手腕。她用了好大的力，感覺對方意外的輕，卻怎麼也捉不上來。

忽然她全身僵住，哭泣起來。

她捉的不是人手，而是死狗、死魚、死貓、死耗子、死泥鰍，她的指頭沾滿滑爛、臭烘烘的脂肪。她的大拇指正死摳著兒子破爛的手腕，直抵白森森的骨頭。他的手臂全然紫掉，像茄子那樣紫，一劃就爛。她推上他的羊毛衫，身上也這樣，紫色的血管像是紫色運河，在胸口縱橫交錯。等到她匆忙爬上去從後邊抱起他，他的頭顱已像被斬，猛然垂落，在那被迫張開的嘴裡，嘔出一股化肥才有的氣。

醫生觀察三分鐘便走出病房，找到鍾永連後憤慨地說：「你兒子身體全部爛了，器官、皮膚、骨頭都爛了，活活腐爛死了。」後來她租車將國峰運回，悄悄埋了。

開春後，立志要成為全國大律師的縣法律援助中心實習生來到楊村，找到白髮蒼蒼的她。他解釋著含鉛量、週工作負荷量、防護措施這些詞，發現對方根本不懂，因此打了個比方，就像是日本人侵華時的毒氣工廠，這個比那個還毒。鍾永連搖著頭走開了。

「我這也是為你好，又不要你出一分錢。」

「不啊。」

「難道你兒子就這麼白白死了？」

「不啊，不需要。」鍾永連很固執。後來她走向鄰人家，像大病初癒那樣，極其緩慢、小心地讓屁股落在石檻。吳海英看見，端凳子出來，「坐著冷，二娘。」

「要說，還是我不該疑你。」

「二娘，到這時了還說這種話。」

吳海英蹲下來，去摸鍾永連的手，鍾永連讓她好好地摸。吳海英沒再說話，不停地出眼淚，而鍾永連一直像烈士仰著頭。這時在村頭，在那家還沒走的打工仔家裡，音響正在放Beyoncé的〈Halo〉：

Everywhere I'm looking now
I'm surrounded by your embrace
Baby, I can see your halo
You know you're my saving grace
You're everything I need and more
It's written all over your face
Baby, I can feel your halo
Pray it won't fade away

她們就像石頭那樣茫然地聽著。

※附記：感謝楊繼斌為我講述這個故事的雛形。

閣樓

閣樓

十年來，朱丹接了母親無數個無用的電話，唯一拒絕的，是一次可以避免自己死亡的報信。當時她走在回娘家的路上，午時的陽光使樓面清晰閃亮，沒有風、燕子和蟬鳴，就像走進一座心慌的死城。她的母親正瘋瘋癲癲地拖著拖鞋，迎面而來。猛然望見時，母親已轉進側巷。她停住衝到嘴邊的呼喊，覺得對方既然沒看見，自己何苦多嘴。

她碰見的第二人是社員飯店老闆，他蹲在橋邊剁雞。飯店有十幾年歷史，入夜後，他常和老婆將髒水倒進護城河。這是個軟弱又容易激動的胖子，看了眼朱丹，朱丹並不看他。但走過去幾米，她還是罵：「斷子絕孫的。」

「什麼？」

「斷子絕孫。」

「又不是我一個人倒，都倒。」

「有種你就再倒，你倒。」

「倒就倒。」

老闆端起大紅塑膠盆將混雜雞毛的水潑向護城河，後又將爛菜根逐棵扔下去。而她早已走到家門口。十年來每次見面，她都詛咒，他也必有所還擊，一直沒有報應。按照他說的，自己是有垃圾往河裡倒，沒有垃圾也創造垃圾往裡倒。

河內早已只剩一條凝滯的細流，河床的泥淖長滿草，飄出一股夾雜糞便、泔水、衛生棉、死動物甚至死嬰的劇臭。有一任縣委書記曾開大會，說這是城市的眼睛、母親河，修復治理刻不容緩，朱丹當時很激動，但只需進入實地測算，工程便告破產。它牽扯到一點五個億。

十年前，朱家在河邊築屋是因它占據八個鄉鎮農民進城的要道。將建成時，母親與來自福建的建築工發生爭吵，因為通往閣樓的樓梯又窄又陡。「有什麼用呢？」母親說，「這部分錢我不可能付，你們覺得划不來，就拆了它。」包工頭爭辯不過，草草完工，一天後拿著砌刀說：「你要活得過今年我跟你姓。」當時站在面前的是朱丹的父親，他一臉愕然。

父親是和善的人，和善使他主動給包工頭的兒子取名，也使他無法阻止妻子不義的行為。除夕將近，好像是為了等女兒結過婚，也像是為了兌現自己身為一個男人對福建人的愧疚，他在郊外長河留下魚簍、釣具和沒抽完的香菸，去了另一個世界。

婚禮燃放鞭炮所留的火藥味尚未散盡，新的鞭炮又點起來，客人們再度湧入，收拾、打理、吃飯、喝酒，像成群的企鵝擠來擠去。朱丹仰面朝天，放聲大哭，幾度要窒息過去，婦女們拿出手帕，不時擦拭她臉上汩汩而下的淚水。當她們散盡，她還在無休止地哭，就像哭是一張保護傘，或者是一件值得反覆貪戀的事。

因為父親過世，已為人妻的朱丹每天中午回娘家吃飯，以陪護母親。也可以說是母親讓她履行這個義務。她和哥哥朱衛很小便受母親控制，「休想逃出我的手掌心，」母親總是說，當然還會補上，「我還不是為你們好。」

這種控制結出兩種果實：

朱衛醉生夢死，而朱丹膽戰心驚。

朱衛知道什麼都不做也會受到母親保護，索性讓她全做了。高二他輟學，被揪著去交警大隊當臨時工，幾年後被正式聘用。母親買下婚房，讓他和自己一直暗戀的電影院售票員結婚。他只負責長肉，年紀輕輕，便像麵包發起來，回家後總是癱在沙發上，說：「又說我，有什麼好說的，要不你別管了。」而朱丹知道做什麼都不會讓母親滿意，生活中又總是充滿這樣那樣的事情，大到是否入黨，小到買青菜白菜，她都感到惶恐。有時不得不做出選擇，她便掖著藏著，試圖讓自己相信母親沒有察覺。

「人總是要結婚的，我留意那小夥子半年了。」一天，母親說。這是已決定的事，母親卻還是裝著與她商量。果然，在她略表遲疑後，母親大聲呵斥，「你知道嗎，替他說媒拉縴的一大堆，你算什麼東西？」後來母親帶她去城關派出所所長家，那裡坐著一位皮膚白淨的年輕人，在鎮政府上班，父親是縣委政法委副書記。

大人們離開後，他一直低著頭搓手。朱丹說：「我認得你。」

「怎麼認得？」

「就是認得。」

出門後，朱丹聽到派出所長小聲問對方，「怎麼樣？」

「我沒有什麼意見，就看人家怎麼想。」

不久他們訂婚，試穿婚紗時，朱丹少有地展露出那種女人對自己的喜愛，在鏡前來回轉圈。「怎麼樣？」母親問。她忽然低頭流淚。

「不滿意？」

「不。」

「那為什麼出眼淚？」

「可能是高興得出了眼淚。」朱丹露出難看的笑。母親後來偵測幾次，確信女兒是滿意的。但臨辦婚宴時風雲突變，朱丹呆滯了，這就像一團陰影籠罩在兩家人心上。婚後數月，親家母忍受不下，殺上門來，說：「我知道你是強女人，但今天這事不能不說，丹丹有問題。」

「她能有什麼問題？」

「不肯行房。」

母親大聲說不可能，心下卻全然敗了。「說是親家去了，丹丹難過，我們理解，但也不能難過這麼久；說是嫌棄我們家曉鵬，我們也不怕嫌棄。這事我不說出去，但總是這樣，我看還是早些了斷的好。」親家母說。母親想起自家兩代女人的悲哀，怕是冷淡也會遺傳——在嫁給好人朱慶模後，他們一年統共行不下三次房，都是又求又告的，最初一次她推來推去，差點將他陽根折斷。

朱丹回來時，母親說：「女人都要做這事情的，這是女人的命。」朱丹低頭扒飯，母親便分外憂傷地說：「都是要躺在那裡讓男人戳的，你聽話。」

「我知道。」

「忍一忍就過去了。」

後來與親家母說話，母親知道女兒每次行房後都會嘔吐，有一次還嘔在床上。親家母雖然沒再說什麼，母親卻是羞慚不堪。她又是嚇又是勸，與女兒一起研究《新婚必讀》，吃肉蓯蓉、胎盤，效果並不明顯。母親走投無路，找了個信得過的人求告，卻不知這妯娌聽時滿臉焦灼，傳閒話倒眉飛色舞。不一會兒，一座縣城都知道此事。朱丹丈夫陳曉鵬受不住眼光，跟一個農校實習生好上，證據確鑿，情節惡劣，朱丹和母親卻不敢鬧，倒是那女孩子來到朱家門前叫陣。母親走下去連抽她三耳光，被推倒在地。母親便打電話叫派出所所長將女學生帶走，關夠二十四小時。

事實證明，母親當初替朱丹選這個丈夫是對的。雖然從無一夜得到歡樂，也總是被教唆離婚，他終究還是像紳士一樣護住婚姻。逢年過節，他一手提著很多禮物，一手拉著朱丹，來到朱家。他跟朱家去祭祖，很多事情辦著也是向裡的。在社會上，他和和氣氣，人們見多鼻孔朝天的人，見到他這樣又有面子又不傲的，總是格外親熱。母親第一眼看上他時，就覺得兒子朱衛不爭氣，現在看著仍充滿慈愛。母親感恩於他顧大局。

朱丹產子後，母親鬆下氣來。一個身高一米五七、體重四十公斤的人，幾乎是刨空身體，為陳家生下一個三千一百五十公克的兒子，怎麼也說得過去吧？親家母要的本來就是香火而不是做愛，現在得到了，家庭便從風雨飄搖進入平衡，甚至比本來就恩愛的家庭還要平衡。她們達成默契，只要陳曉鵬不帶女人回家，怎麼都好。她們可以圍繞新生兒分配好角色和任務：

媽媽、奶奶、外婆

餵奶、換尿布、帶他睡覺

可是，孩兒一過哺乳期，朱丹又呆滯起來。不但呆滯，還加了驚恐。有時坐著坐著，突然中蠱，摀著胸大口喘氣，額頭出許多汗。「丹丹你怎麼了？」朱丹卻是站起，抓過包要走。「你去幹什麼？」母親問。

「回家。」

「這不是你家嗎？」

她猛然站住。

「你這是怎麼了？」

「我快要死了，」她焦躁地說，隨即又補充：「死不了的，你看，只是突然有點不舒服。」

這症狀每隔幾日來一次，有時一日來幾次。母親盤問不出來，失了眠，便幻聽到樓上有男性腳步聲，來回走幾趟消失了。母親自恃身正不怕影子斜，摸索上樓，在樓梯口撳亮開關，卻是什麼也沒看見。角落擺放著她和朱慶模結婚時的家具，還有一張四腳床。

「老朱，老朱。」她叫喚數聲沒人應。

母親再不敢睡，開大電視，吵了自己一夜，次日便讓保母陪住。當嘴角長鬍子的保母在客廳打起呼嚕，她感到從未有過的踏實。以後她帶著朱丹去墳前祭祖，廟裡燒香，那聲響便再未來過，女兒卻仍心慌不止。

曾有一次，女兒像是下定決心，自言自語走進廚房。母親問：「丹丹來做什麼？」

她又呆傻回去，拚命搖頭。

「你來廚房做什麼？」

「我不知道。」

「丹丹別怕，有什麼事就跟媽媽說，」母親口氣軟和起來，朱丹痛苦地看了一眼，落下眼神，「別怕孩子，你說，說什麼我都不怪罪你。」朱丹卻是回客廳了。母親關掉瓦斯爐，走過去，罕見地捉住女兒的手，說：「你不說怎麼能治病救人，我們有病治病，有身體病治身體，有心病治心病。我們婦女都有這樣那樣的病，又不只你一個。」

「沒事，你看孩子都生了。」

「是啊，孩子都生了。這就說明你什麼問題都沒有。」

「都有下一代了。」

「是啊，那就別想了，越想越想不開。」

母親也就如此了。後來她去找親家母，親家母找來陳曉鵬，說：「以後別出去花心了，成何體統。」母親說：「也別說曉鵬。就是都是夫妻，夫妻應該有夫妻的照應。」

「曉得的。」

後來陳曉鵬至少在樣子上過得去，接送朱丹下班，夜晚也摟她肩膀睡，可後者並無起色。即使是吃贊安諾、百憂解，也不見效。

終有一天，母親帶著朱丹去省城看心理醫生。那醫生說：「深呼吸。」朱丹做了幾分鐘深呼吸，果然頭暈腦脹，立足不穩。

「是不是感覺就要死了？」

「是。」

「怕不怕死？」

「怕。」

「在死之前，你給我做一件事，背著雙手，蹲下去，朝前跳一步。」

朱丹有些錯愕，母親說：「讓你做你就做。」朱丹背著雙手，蹲下去，像青蛙僵硬地朝前跳了一小步，引得醫生哈哈大笑。他說：「你覺得一個快死的人還能跳遠嗎？你見過嗎？」母親跟著笑起來，朱丹看著母親也笑起來。「什麼事都沒有。」醫生說。

「是啊，一向都是疑神疑鬼的。麻煩醫師再開點藥。」母親說。

「開個屁。我跟你說，你女兒的病就是自己暗示自己。身體一不舒服，比如呼吸急促，胸悶——這是多麼正常的事啊——就覺得是死亡的徵兆。因此驚恐。驚恐得越厲害，她又覺得，要不是快要死了，怎麼會如此驚恐？死個屁，死人能跳遠嗎？」

後來母親琢磨幾天，看見朱丹便惡毒地說：「死個屁。」女兒便低下頭。可這也只好了半個月，朱丹有時走著走著，瞧見沒人便弓著身子跳一步，次數多了便成強迫症。

此事久了，便由痛苦而厭煩，由厭煩而麻木，慢慢變成生活永恆的一部分。只是到退休那日，睹萬物蕭條，母親才忽然意識到女兒比自己老得還要徹底。以前看女兒，覺得今日與昨日並無區別，這一天卻像是多年後重訪，詫異於一個三十多歲的女人，頭髮已像薄雪蓋煤堆，灰白一團。

「你怎麼不去染一下？」

「染了前邊是黑的，髮根長出還是白的，更難看。」

你還要活很久。母親想，開始跟蹤女兒。女兒總是目不斜視，像鵝，撇著雙手沉悶地走。母親有些不齒。女兒自打第一次騎車摔倒後便不再騎，現在滿街婦女都騎電動腳踏車，只她走路，搬什麼都搬不了，像個文盲。女兒早上從夫家走到單位，中午從單位走到娘家，傍晚從單位走回夫家，既不理會人，也不被人理會。沒人知道折磨她的人或事是什麼。

由她去吧。有一天母親意識到這樣的跟蹤早被察覺，便朝回走。她邊走邊抹淚，後來索性坐在路邊水泥台階上，看紅塵滾滾。這些，那些，去的，來的，歡快的，悲傷的，一百年後都不在了。這樣癡愣許久，她見著女兒坐計程車一馳而過。她遲疑片刻，像被什麼彈了一下，趔趄著下到馬路，攔停下一輛計程車。女兒若是出門辦事，定會有公家車接送。打電話至辦公室，果然說是回娘家。方向卻是反的。

那車輛出了城，駛過六、七公里柏油路，轉進村道，穿越一大片油菜花地、竹林和池塘，到達一座喚作二房劉的村莊。放眼望去，村舍鱗次櫛比，貼著瓷磚，裝鋁合金窗，各有三、四層，獨女兒輕車熟路去的這家只有一層，仍是青磚舊瓦。女兒像是溶進黑洞那樣走入大門。大概也只五、六分鐘，她又出來，後邊跟著一對老人。女老人矮小，笑著，真誠地看著她，男老人骨瘦如柴，只剩一張黃黑的大臉，眉毛、鼻孔、嘴角緊扣著，正將巨大的左手搭在女老人肩上，努力將右腿拖過門檻。

「爸，媽，不用送了，好好休息吧。」

那女老人便回頭說：「死老頭，小朱跟你說再見呢。」女兒又走上前，捉住男老人癱瘓的右手，喚了一聲爸，細聲交代幾句，他那原本像一塊塊廢鐵焊死的臉便忽然開放，露出全身心的笑。「要得，要得。」他說。

中午，母親坐在餐桌邊，看見女兒上得樓來，像上演啞劇那樣，換鞋，放包，上廁所，洗手，擇菜，淘米，收拾茶几。她既不問母親為什麼不做飯，也不想知道保母去哪兒了。她說了多少年的謊，騙了我多久啊。母親心下閃過一絲恐怖，陰著臉坐著一動不動。女兒後來終於流露出惶恐的眼色。

「把碗放下來。」母親說。

女兒的身軀明顯震動。接著她聽到母親說：「給我。」她惶惑地望著，將茶几上的雞毛撣子遞過去。母親指著她說：「告訴我，這些年你都幹了些什麼？」

「沒幹什麼。」

「沒有？」

「沒有。」

「那你怎麼管那中風老頭叫爸？」

「我沒叫。」

母親舉起撣子劈下，被匆促躲開。「跪下。」女兒便扶著桌沿轉圈，像是快要哭了。「跪下，死東西，我叫你跪下呢。」女兒不肯從命，母親便舉著撣子四處追打。

此時朱衛恰好歸來，說：「打什麼，你從小到大就知道打，打得還不夠嗎？還不嫌丟人嗎？」母親便說：「你問她，問問清楚，她外邊是不是有一個野老公？」

「沒有。」

「還沒有。」母親又打將下去，女兒卻是仰頭挨了。母親便不再打，只見女兒委屈地抽動鼻子，哭哭啼啼，取過包要走。母親捉住，說：「別走，今天說清楚，不說清楚，就是死也要死在這裡。」女兒掙脫不開，便惱怒地說：「還不是因為你。」

卻是因此，母親知道自己當年拆散了一對鴛鴦。當時她只當提個醒，卻不料真的拆散了。她曾毫無來由地教訓女兒：「你喜歡一個人時一定要想清楚。你只有一生，就像只有十塊錢，一衝動，就花出去了。你腦子就是容易發熱，喜歡聽花言巧語。記得，你不慎重對待人生，人生也絕不會慎重對待你。」後來朱丹的表姊妹帶著男人來作客，個個穿著文雅，舉止得體。「你看看他們，要麼家資萬貫，要麼父母當官，一起來，多有面子。」母親說。

朱丹尋思母親看出端倪來了。她背地裡和同學談了三年戀愛，那人退伍後，到親戚的電池廠當銷售主任，叫起來劉主任劉主任，頗是好聽，卻終究還是農業戶口。「不過，無論如何，那都是我自己的選擇，是我決定的，我不可能沒有任何感情，」朱丹說，「現在想起來，我要是跟他過，苦是苦了點，也會比現在好。現在人不人鬼不鬼的。」

「那你當時怎麼不說？」

「我敢說嗎？」

「你就是處處尋思和娘作對。你想想，要是我死了，不存在，不干涉你了，你還會要他嗎？你願意和這樣的人過一生？」

「那至少也比現在強。」

這時朱衛插了嘴：「丹丹的想法我理解。可是，天下執政黨總是吃虧的，一等在野黨變成執政黨，你就會明白，它們連前任都不如。政治不可靠，男人也一樣。你跟那人過得下去，我不信。」

「不是這回事。」朱丹說。

他們卻是因此又知道朱丹還曾經歷一個恐怖的夜晚。那時距離她與陳曉鵬結婚只有半個月，母親出差，父親陪同前往旅遊，而哥哥則在醫院照應妻子，偌大新居只剩她一人看守。她像隻兔子，一回家便將門鎖死，試圖讓自己相信男友劉國華並不知情。但後者還是在酒局上聽到了，「你的女人和別人拍婚紗照了。」

那眾人的目光像是巨大的氣體，推著劉國華朝險地走。「算了吧。」一個朋友說。

「算什麼。」

他取過蒙古刀，走向朱家。據說他們炸開鍋，除開一人思前想後報了警，剩餘人都騎摩托車逃回了家。值班民警說：「口頭犯罪不算犯罪。」

「難道要等他把人殺了才能算？」

「理論上是這樣的。」

那當過特種兵、身高一米八的劉國華憑著一股戾氣走到護城河，像野狼一般嘶喊許久。那四周原本有燈火的便都熄了，朱家的那盞也在猶疑中熄了。此時，劉國華的真氣已一而鼓再而衰三而竭，他用手拍打防盜門，啼哭起來，「丹丹，你開門呀，我的心被割得痛死了。」

這一兩小時，朱丹腦袋一直嗡嗡作響，只覺得無法解脫，人間所有的不快與折磨都湧上來，就像有無數條鞭子在抽打，就像自己躲在逃無可逃的角落，而猛虎不停用利爪拍打脆弱的欄杆。她想撞牆，想有一把手槍對準太陽穴，射進去子彈。她想要通透，一種光明的通透。「我快要瘋了，」她對母親說，「我沒辦法。」她打開門。劉國華滾進來，抱住她的腳。他除開哭只會不停地問：「為什麼？」

「我媽不同意。我跟她解釋了幾年，沒用，她不同意。」

「那你還愛我嗎？」

「不知道。」

「不知道，你不知道啊，」劉國華拍打著桌子，眼淚汨汨而下，「分明是你自己不要我了，你嫌棄我了。」

「我沒辦法。」隨後她又說：「我想過辦法的，對不起。」

「你嫌棄我。」

「我沒嫌棄。」

「那你怎麼還和別人結婚？」

「人總是要結婚的，我年紀大了。你別說，你聽我說，我等過你，你總是說你會賺錢，你賺的錢去哪裡了，你造的房子在哪裡，你難道要讓我嫁到二房劉去？」

這是分手的好時機，劉國華連口說好，好，就飄到樓下去了。她未曾想如此輕鬆，出了一身汗，跟下來。他一出去就關門，這是她期盼的，但她強撐著倚在門邊目送他，以示並不絕情。

「不行，我還是愛你，」劉國華從黑暗中走回來，「我根本沒辦法克制自己不去愛你，離開你，我完全活不下去。」後來他像瘋子一意孤行。他找到一個新的武器，那武器揮舞起來是如此自如，以致讓他的軟弱得到隱藏，同時也讓他所有過分的要求得到尊重。

要麼你死，要麼我，要麼一起死。

「你知道嗎？你讓我感到害怕。」她搖頭晃腦起來。

「我不管。」

起初他像是在表演，後來便徹底陷進去，「搞死我吧，只有這辦法了，你看，我根本克制不了對你的愛情。」她去廚房給他倒水，出來時，看見他極其誇張地回到悲傷狀態，便完全克制不住嫌惡。她說：「喝口水吧，別說那些傻話了。」他一飲而盡，以一種動物般無聲而可怖的眼神看著她，說：「你到底愛不愛我？」

「你喝多了。」

「你到底愛不愛我？我問你呢。」

「不愛，」她突然進入到罕見的平靜中，說：「我告訴你，我不愛你，永遠不愛。這輩子不愛，下輩子也不。你就是將我殺了，我也會這麼說。」

「你以為我不敢嗎？」劉國華抽出刀子說。

「那就來吧。」

她閉上眼。在那分外寂靜的等待中，她像烈士，被一種前所未有的自主感包圍，她說：「來吧。」劉國華便絕望地嘶吼，他表達夠對自己以及對方的眷戀，猛然一刀刺向自己手掌。

「你幹什麼？」

「滾開。」

那野獸往下便像個出色的行刑人，先後在自己肚皮、胳膊、膝蓋以及額頭畫起線來，初時只覺那線突然變白了，接著便有一排鮮紅的血珠竄頭竄腦冒出來。「你要幹什麼？」

「滾開。」

在她錯愕時，他又喊了一聲，「滾開，你這婊子。」她便眼見著他將左手食指置於桌面，像切菜那樣切下來。然後他說：「我就是要讓自己記得。我將身上弄出這麼多疤痕，就是要讓自己記得。這樣我就永遠不會對你心軟。我讓這些疤痕替我記著，我和你有深仇大恨。從今天起，我們有深仇大恨。

「我保證，有一天我會回來清算你。我什麼時候都可能回來，我可能搞壞你，也可能搞壞你父母、老公，還有孩子，可能搞死也可能搞殘，可能搞一個也可能搞全部。

搞一個還是搞全部，搞死還是搞殘，全憑我的心意。我會等你長成一顆大桃子，再來採摘。我說到做到。到時就是你求我，我也不會原諒你。我以這根指頭發誓，我永遠不原諒你。」

然後他永遠地消失了。

朱丹因此呆滯了。所有人都知道她在婚禮上驚恐不定，她不時張望門口，總是縮在父親身後，一旦程序走完，便快速走回房間，鎖上門。當時大家只當是羞怯。「我怕他來潑硫酸，」她對母親說，在後者將她納入懷中時，她嚎啕大哭，「孩子生下後，我怕他突然躥出來，將他奪下來摔死。這些年，他就像一塊鋼板塞在我腦子裡，讓我不得安生，媽，我就像站在孤廟，雨地裡到處是馬蹄聲，我轉著圈兒，不知道危險會從哪裡來。我怕。」

「別怕，我會救你的，我這就來救你。他來過麼？」

「沒。他消失了。我一度想，他當時只是虛張聲勢，時間終將會改變一切。時間會讓他的憤怒消失。甚至我以為這威脅本身就是惡作劇，惡作劇就是目的，他依靠這個來懲罰我。這個國家畢竟還有王法。他嚇嚇我，嚇得我過不下日子，他的目的便也達到了。但正當我這樣想時，他託人從外地帶來一只包裹，那裡有一只塑膠袋，袋沿滴著透明的黃油，袋內裝著一隻發霉的手指。那是他剁下來的食指。

「他就要回來了。」

儘管不太相信這說法，母親還是在盛怒中召集本族在街上的人，殺氣騰騰地去了二房劉村。「劉國華呢？劉國華在哪裡？」他們在這青壯年都出外打工的村莊呼吼，找到那矮小的房屋。男老人照例用左手巴住女老人的肩膀，拖著殘廢的右腿出來。

「你們算什麼東西？」母親說。那老人嘴角瞬時流出一灘水，說：「說些什麼呢？」

「她說，國華害了她女兒，」女老人說，接著又對母親說：「你們也要講良心，我們世代都是農民，我也知道你們是城裡人，他們倆沒好上，我們從來沒怪過姑娘。不是一個條件。」

「什麼不怪？你兒子說要殺了我女兒。」

「不可能，我兒子那麼老實。」

「怎麼不可能？」母親使了瘋，大聲嚷起來，只見那男老人眼中滾下一顆球大的淚水，強忍著說：「你們走啊。」

「走什麼走？我今天特為來告訴你們，我朱家就沒怕過誰。」

「走啊。」

「我只是來告訴你們，我女兒這些年到你們家來，求你們，討好你們，好讓你們兒子回心轉意，不要禍害她。她值得嗎？你們配嗎？你們哪一點配得上她討好？」那男老人怒得不行，顫抖著從隨身包裡抓出玻璃杯，擲過來，卻是在距母親還有一米時掉下。女老人馬上大哭，「都死了人啊，都沒一個人出來做主啊。」母親倒不怕什麼村人，就怕人家又要中風了，強上幾句嘴，便鎮定地鑽進車裡，一溜煙回得縣城。她找到派出所所長，所長二話沒說，將劉國華中報為追逃對象。

又過去兩年，風平浪靜。母親吃了往日好用強的虧，在老年生活中落了單，被一個練功團隊召去，每日傍晚大力鼓掌。一日用力過猛，頓悟，這世道原來是吃人世道，從此便難清醒。她又偏偏是無神論出身，因此能在表象上自控，一時使外人不能察覺。只是那瘋癲像肥肉，時常勾引著她心甘情願地走，一不朝前走，便如萬蟻鑽心。

那朱衛見情況如此，回家便少了。人們只道閨女是小棉襖，見著朱丹每日仍歸來。母親開始無休無止地折磨保母，比如懷疑投毒。那保母嘴角長鬍子，大字不識一個村姑，哪裡受得了這般侮辱，捲起鋪蓋要走，被朱丹拉住，加了兩百工資。朱丹說：

「三姑，你好歹在這裡服侍八年了，就當她是個小孩，作弄她吧。」那保母一聽，心軟了，後來還能開玩笑：「老怪，你說我下毒，我要下毒早就下了，輪不到今天。」

母親說：「哼，你先吃，你下毒先把你毒死最好不過了。」

保母便大碗喝酒，大塊吃肉。然後她們在宅子裡曠日持久地玩遊戲。母親總是出其不意在角落放上畫過奇怪圖案的人民幣，裝作忘記了。保母總是將它們收集起來，還她，她便蘸口水一張張地點，要是少了，便大叫：「我早就知道你是個不誠實的東西，你就這樣貪心，連主家這點錢都偷。」保母便打手電筒去找，不久便真找到五塊錢。

卻說一日，母親靈感來了，懷疑保母將農村的親人接來住，便閒不住，四處搜尋。她從一樓翻至四樓，一無所獲，便去了閣樓。通往那裡的樓梯又窄又陡，她是單手扶著腦袋走上去的。她一打開鎖，便見裡邊灰蒙蒙一片，一隻壯碩的烏鴉撲稜稜飛出窗戶。

兩只用膠帶黏得嚴嚴實實，又被包裝帶捆死的木箱躺在那裡，暗紅色的油漆尚未剝落。看得出來，它時刻等待被搬走，卻像是不幸的孩子被永久遺忘。母親抹抹蓋上的灰，心說：「我可是從來沒整理這兩箱東西。」

她下樓找保母，沒找著，便提著剪刀上來，撕裂膠帶，剪斷包裝帶，將箱蓋揭開。一股陳氣幾乎將她熏翻。接下來她所見的，讓她凝愣。她先想到保母父親是宰牛的，接著判斷這絕不是動物屍骨。她感到有意思了。這時，在她囫圇的腦海中，有兩件事正相向而游，游到一塊她就明白了。

屍骨……女兒

但樓下此時正好傳來保母爽朗的笑聲。三姑你還笑，你幹的好事，你殺了人，還藏屍在此，坑害我朱家！她跌跌撞撞下樓，手翻筆記本，找兒子朱衛和女兒朱丹的電話號碼。朱衛的手機一直沒人接。朱丹的手機也一直沒人接。第二次撥打時，朱丹已關機。母親便在一陣強似一陣的恐懼中下樓去，走進光明的中午。她穿過護城河，走進知書巷，就快要撞著女兒了，卻是側身轉進側巷。茲事體大。她抄近路往城關派出所去了。而朱丹走完知書巷後，走過護城河，和社員飯店老闆交鋒幾句，便走到家門口。慵懶的保母提著毛線及時閃現出來，諂笑著說：「丹丹回來啦？」

「我媽今天怎樣？」

「還不是老樣子。」

「我看她跑出去了。」

「不怕，她會跑回來的，她怕我偷她的東西。」

果然不久，母親高叫著「別跑別跑」，帶一夥警察跑來。這事有諸多蹊蹺處——瘋子報案從來沒人理，即使那老所長是她一世情人。他們從初中好起，沒牽過一次手，擁過一次抱，親過一次嘴，卻像世間最親的兄妹，一向都由他來忍讓、遷就她的驕橫。這天她啼哭著猛然跪下，所長便老淚縱橫，「如果是兒戲，就當是陪你兒戲吧，反正我也早退居二線了。」他帶著一名警察和兩名實習生走進朱家大宅。上樓梯時，他們看見朱丹正汗如雨下地朝下走，便一起退到轉角處，讓她先下。

「丹丹，你這是怎麼了？」他問。

「沒事。」

她淒苦地笑著，扶著欄杆軟綿綿地走。大約十分鐘後，那四員警察在查看現場時茅塞頓開，爭先恐後朝下衝，其中一位還拔出槍。他們看見朱丹剛走到橋邊。這十分鐘啊，她只走了十米，她的腳就像黏著巨大的口香糖，她就像在噩夢裡那樣無望地逃跑。

「我們發現死者的西服裡有劉國華的名片，他是不是你的初戀？」

「是。」

「他死了多少年了？」

「十年。」

據說在朱丹被銬起來時，母親突然清醒了，她撲在女兒和警察之間，以極其正常的語言嚎叫：「是我幹的，是我幹的。」

「是我。」朱丹說。

那老所長幾乎像拎一隻兔子那樣將她拎開了，她便抱緊他褲腿，大叫：「是我殺的，我一刀一刀地殺，一刀一刀地剮，我將他剮得稀巴爛。」

「是我。」朱丹說。

此後母親便像扎進沒有終點的深霧，再沒正常過。她曾經去看守所門口守候，但並不知道守候的是自己的女兒，是保母牽著她去的。當囚車駛過時，朱丹透過鐵窗，看見母親甚至在笑，只是這笑容平淡而遙遠，像是彼此沒有任何血緣上的聯繫。這件事轟動了整個縣城，甚至整個地區，每天都有許多人插著褲兜，來朱家門前，仰著頭參觀，有的人還掏出手機拍照。劉國華的親屬早就在這裡貼滿「血債血還」的標語，也拉上了橫幅。母親這時就像是他們中的一個，好奇地看著每一個細節，有時還用手撫摸白紙，用腦海裡殘存的對知識的記憶，念出一些字來。

案件在地區中院審理。出人意料的是，陳曉鵬忽然不顧母親的指責，動用父親及自己在政法系統的一切關係，替朱丹運作了起來。他請來一位名貫三省的大律師，那律師在法庭上只一句話便使審理進入僵局：

「死者是服食大量安眠藥自殺。我的當事人在死者昏睡後，探了他鼻息，才知他已斷氣。在慌亂中，我的當事人將他拖到床底，藏好。後來出於害怕，將他分屍，試圖運走。如按照現在的刑罰，她構成侮辱屍體罪，但在當時，法律並未規定這一罪名。」

「胡扯。」

那本來就已鬧過事的劉家親屬，在旁聽席上鼓譟起來。法官這時敲打木槌，用一種長輩人的慈悲問：「被告，是不是這種情況？」

朱丹轉過腦袋，看見劉國華的母親正揪著一團白手絹，捂著唇鼻哭泣。哭著哭著，她用右手拇指和食指捏住鼻尖，清脆地擤下鼻涕，然後繼續歪頭歪腦地哭。在她大腿上有一張綴著白花的死者遺像。在意識到朱丹看她後，她站起來，大聲說：「可恨這女子，這些年來總是到我家來，不是騙我兒子在廣東，就是騙我兒子在福建，說是我兒子一定要賺可以買下一個縣的錢才肯回來。你騙了我們多久啊。你這個騙子。」

朱丹說：「對不起。」

接著她轉過來，對法官說：「我現在呼吸平穩，神態放鬆，醫生說得對，當我轉身面對恐懼時，恐懼便也如此。」

此後，公訴人要求出示證物。那兩箱子白骨便被抬來，其中一隻下肢還套著皮鞋，多數骨頭當眾剝裂，裂口像開放著的喇叭花。「可以想見當時用力之猛。」公訴人說。

「這並不意味著什麼。你並沒有證據表明此案是他殺。」律師說。

「我們有被告總共八份的供述。」

「我認為我們還是應該重證據而輕口供。」

「被告，你自己怎麼看呢？」法官這時又慈悲地說，他的態度引得旁聽席上一片震動，一夥由劉家邀來的親友拍起桌子來，紛紛批評起這世道來。卻是這時聽到朱丹說：「我要說是我殺的，你們就會判定是我殺的；我要說不是我殺的，你們也就很難判定是我殺的。我如今要說，是我殺的。

「你們可以知道，我家地板上有一塊劃痕，那是他皮鞋蹭的。你們可以看見他的鞋跟有蹭掉的痕跡。那是我勒死他時，他的腳在本能地往地上蹭。他喝了我泡過安眠藥的茶水，睡過去了，我扯下電話線，纏住他頸部，勒死他了。當時他的腦袋靠著我這邊肋骨，這塊肋骨現在還痛。

「人是我殺的。沒什麼好說的。你們劉家提出要賠償，我這些年一直在積，積了有七萬，算是對你們的補償。」

她說完後，現場一片安靜。那劉母舉起遺像，想說卻不知道說什麼，便搖晃著它。

「別讓我看到他，噁心。」朱丹說。在處決她前，她寫了一封簡短的信，說：曉鵬，你一定要相信我是愛你的，我一直就在愛你。我們的兒子屬於你。

她在牢裡一直跪著，死命地閉著眼，就像槍決在即，但最終她是被注射處死的。

※附記：感謝C女士為我講述故事的雛形。

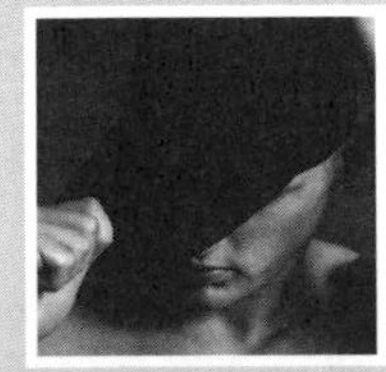

稻草的後代

稻草的後代

一個在山上伐木的人曾因為徒勞的呼喊而險些啞掉，他給我講了這個故事——

中午的時候，大人們像是喝了迷藥軟綿綿地低下頭，一個個睡著了。安安甩了幾次手，把奶奶甩醒了。奶奶乾枯蠟黃的手鎖著他的手。奶奶半打開眼睛，嘴裡發了一句嗯，又醉醉地睡進去了。安安接著甩，感覺那隻睡夢中的手緊握了他一下，好像是蟲子猛然螫了一下。安安覺得很好玩，便接著甩，誰知把它甩開了。他看到那隻乾枯蠟黃的手像是瞎子摸黑，摸了幾道弧線，疲乏地落在椅子扶手上。

安安嘿嘿地笑了。他笑的時候整個牙齦露著，牙齦中央有兩顆沒長好的門牙。

這個時候，座鐘的秒針正一步一步地行走，像是有人在一下一下地鍘草。安安抬起一條腿，再把另一條腿拖起來，爬過高高的門檻，爬到屋外。屋外的陽光像是一場金黃色的密雨，灑在寂靜的玻璃窗、屋頂和稻草堆上。

安安跑進門口的道路。因為跑得太快，臉頰上的肉晃動起來，不一會兒就把鞋跑掉了，這個時候他就懊惱地停下來，把腳往鞋裡心急火燎地塞。他感覺隊伍就快要越過村長家，走向更遠的河邊了。

後來他索性拿起鞋光著腳跑。他跑得土屋和山峰晃盪起來，他感覺有一棵樹從山上清脆地倒下來。他像矯健的汽車嘟嘟嘟繞過彎彎曲曲的小道，穿越整個村莊，跑到村頭。在那裡，陽光被村長家高大的房屋抵擋，留下一片巨大的陰影，安安有些看不見了。等到那些晾衣架、人力板車、蒿草和水槽清晰地顯現出來，安安也就看清了空空如也。

往日，強哥、勇哥和東哥要弓著屁股在這裡的一塊空地上拍炮。炮是用硬紙摺成的四方形包袱，拍炮就是拿手用力拍，把它拍翻過來為贏，贏了拿走。安安還不會摺炮，他總是饞兮兮地等著別人施捨自己一兩張。有時候因為顏色不好看或者邊角磨損了，強哥會施捨給他，然後又輕鬆把它贏走，接著又送給他。安安再要玩時，強哥就說去去去。勇哥和東哥也會跟著說去去去。

安安落寞地走過村長家時，聽到屋內正在重播昨晚放過的電視連續劇《包青天》。

一集又開始了，台灣人胡瓜唱：開封有個包青天，鐵面無私辨忠奸，江湖豪傑來相助，王朝和馬漢在身邊。安安胡亂跟著哼了幾句。

安安走到村口，果然看到通往河邊的道路上浮著三個小黑影。他大聲喊：等等我。可是那些黑影連停都沒有停。安安便撒開腿向前追。這一次他的步伐錯亂，沒幾下就絆了自己一跤。道路像樓梯一樣猛然豎立起來，痛楚和委屈一起殺進安安體內。安安嚎啕起來，媽媽也，媽媽也。可是媽媽和爸爸是去了外婆家裡的。安安哭得沒意思，就改為抽泣。待抹清淚水，他看到他們轉過身來看著他，待要爬起來，他們又轉身朝河邊繼續走了。

他們走了不一會兒就走到水泥橋上。水泥橋以前是平整的六塊預製板連起來的，洪水沖過幾趟後，橋墩陷進深泥，六塊預製板就歪斜起來。他們喜歡在這裡滾鐵環，看誰滾得遠，滾得遠的可以站在橋上恥笑滾得近的，滾得最近的必須下水去把三只鐵環撈上來。

他們這天剛剛在橋邊的路面溫習完畢，惱人的安安就走過來了。安安臉上掛著淚痕，嘴裡嘿嘿笑著。他拿手比畫出幾道弧線，說：我奶奶睡著了，手還像瞎子一樣亂摸。

他們吸了一下鼻涕，對對眼神，決定再溫習一遍。安安的笑尷尬地停在那裡，好像是梨子吊彎了小樹枝，就要掉下來，又總是掉不下來。他就去抓強哥的褲腿，說：我奶奶睡著了，手還像瞎子一樣亂摸。

強哥惡狠狠地扭了一下屁股，說：走開。勇哥和東哥也跟著說走開走開。然後他們三人就各自推起鐵環來。東哥的鐵環快要撞上安安時，東哥大喊讓開讓開，安安便失魂落魄地退到草叢裡。

東哥上橋時，安安的勁兒才回來一點，他羨妒地盯著像反光鏡一樣的橋面。東哥只推了幾步，鐵環就一頭栽進河裡了。天空中傳來強哥刺耳的笑聲，接著勇哥也笑了，安安看看他們，又看看窘迫得滿臉通紅的東哥，跟著大笑起來。你笑什麼呢？東哥白著眼睛說。安安就不笑了。接著安安聽到強哥說：沒什麼說的，你自己下去撿。

你們還沒推呢，你們不見得推得比我遠。東哥說。

你以為你是誰，我推給你看？強哥說。然後他拿起鐵環，往橋上一放，走完一塊預製板，拿手又撈住鐵環，回頭說：比你遠多了吧？

勇哥上去跑時，跑了兩塊預製板。勇哥回頭說：比你遠多了吧？

安安看到東哥咬牙切齒地撈起褲腿，脫下鞋，從岸上一步步走下去了，安安看到強哥和勇哥恥笑地看著東哥下河。安安學著他們的樣子，把兩手抱在胸前，睥睨地看著下邊。安安看到水像一個幽深的黑井，將光明阻擋在水面。東哥用腳探了幾圈沒探到，便又爬到岸邊脫了上衣下衣，扎猛子扎進去了。強哥說：咳。

這個時候安安像是想起什麼，說：《包青天》剛剛放了一集，我聽到的。

胡說，白天根本就不放《包青天》。強哥說。

是真的放了，我聽到唱歌了。安安說。

放你媽瘪。勇哥過來說。

是啊，放你媽瘪。強哥接著說。

可是他們接著就唱了起來，強哥唱：開封有個包青天。勇哥唱：鐵面無私辨忠奸。強哥又唱：江湖豪傑來相助。勇哥最後唱：王朝和馬漢在身邊。強哥端起手朝安安走了一個八字步，這使安安愉悅起來。好像得到承認了。

可是等東哥濕淋淋地走上岸，他們終於還是統一不理睬安安了。比賽進行了幾輪，東哥也學乖了，老是說：反正也脫衣裳了。有時候強哥就是沒推到他那樣遠，他也下河去撿了，他從水裡面冒出來時，晃盪著腦袋，哈開大嘴說：咳。

安安看得迷時，就覺得河水其實不寬，橋也不長，自己推一定能推過去。可是他不敢跟他們說，他壓抑著這個願望，就聽聽鐵環在橋面上嘩嘩地響就可以了。然後安安等到強哥的固定節目，去蒿草堆裡比誰尿得高。強哥說：你給我看著，不許碰。安安就看著那些散著光芒的鐵環，像是三簇神祕的花圈靜靜躺在潔白的橋面。他聽到不遠處蒿草堆裡嘻嘻哈哈的聲音很大，但還是控制不住向鐵環走近了。

他剛好走到時，蒿草堆裡躥出一聲「媽癟」的呼喊，東哥像隻兔子亡命般逃了，接著強哥和勇哥像獵人追趕上去，越追越遠。

安安吸了一口氣，蹲下身摸了摸鐵環，冰涼的。接著他又提了提，很重。他回頭看了一眼那些像蠶籽的黑影，提起鐵桿和鐵環，然後將鐵環顫顫抖抖地豎放在橋面，他感覺推一下它也許就滾動起來了，可是手剛一鬆，它就歪斜著倒下來。他努力回憶了幾次他們的動作，他覺得就是一個字：快。他又回頭看了一眼，蠶籽們消失不見了，就準備跑起來推，可是剛鬆手，那環兒又倒了。

安安把鐵環拿到路面試，試得滿頭大汗，試出一點門道。當他把鐵環放在第一塊水泥預製板邊沿時，他已經徹底忘記了他們的存在。他咳咳叫了兩聲，放手就跑，環兒就在預製板上筆直地跑起來，他感覺很順利。他覺得他一定能平安推到對岸，他一定能，而他們不行，他們一個中午也沒推過去一次。

這個時候他想起他們了。

然後他聽到一聲大喝：原地站住。他目瞪口呆地看著鐵環像兔子，從懷裡跳進河裡去了。接著他又聽到大喝：給我轉過來。

安安顫抖著雙腿轉過身來，看到的卻是三雙焦急而慈悲的眼。他們匆忙打著手勢，讓他蹲下來，他就蹲下來，一蹲下來他就感覺大腦亂轉，天空、河水和橋都在亂轉，自己好像要栽下去了。這時強哥抬起手，像老母牛一般溫柔地喚：別怕，別怕，孩子別怕。

然後他們三個手拉著手像解放軍一樣小心翼翼挪上橋。安安的手挨到強哥的手時，搖擺的世界忽而靜止了，不再有什麼危險了，可他們還是聲勢浩大、若有其事地慢慢挪回去，挪到岸邊。

在岸邊，強哥點著安安的腦門說：你要是滾下河去了怎麼辦呢？

勇哥跟著點過來說：你會划水嗎？

東哥也跟著點過來說：你要是淹死了呢？

強哥這時把東哥推到一邊，說：沒輪到你。安安你聽著，你要是淹死了呢？你淹死了你奶奶怎麼辦？你爸爸怎麼辦？你媽媽怎麼辦？你一家人怎麼辦？

安安紅著臉，嗯嗯地支吾著。快來給哥哥們賠不是。強哥這時說。安安就認認真真地過去摸東哥的手，說：東哥對不起。接著又去摸勇哥的手，說：勇哥對不起。最後他摸強哥的手，他還沒說，強哥就說：好了好了，沒事了。

然後強哥看了一眼天空，像詩人一樣吟誦道：下面該玩些什麼花樣呢？勇哥和東哥都沒有想法，安安也不可能有。他們只知道跟著強哥驕傲的屁股走沒錯，強哥在哪裡停下，哪裡就會有節目。一貫如此。

這次強哥走回到村口時頓住了，他回頭看了眼安安，偏偏頭，意思是你回家吧。安安站在那裡不動，勇哥和東哥就架起他，把他放在回家的路上。安安還要跟上去，三個人就一起回頭怒視，嘴裡發出惡狗的嗡嗡聲，安安就不敢再跟了。

安安看著他們離去的屁股越顛越高，好像背著他要去分享一個巨大的祕密。失落死了，委屈死了。他憤恨地想，反正我也累了我也疲了。他往回家的方向走，這麼走他就像個乖孩子，能一直走回椅子旁邊，把手伸進那隻乾枯蠟黃的手裡，讓它安全地鎖著。可是他忽而又被這鎖劇烈地提醒了，心臟便一下空了，好像一陣大風颳過，颳得什麼也沒有。要是他能活上二十歲三十歲，他就知道這個東西叫失戀。可是那時候他能想到的就是，我的心空空蕩蕩，空空蕩蕩的。

他帶著不甘轉身了。他沿著他們離去的方向不緊不慢地跟上去。他看到他們視察了一個稻草堆，又視察了一個，最後閃進最大的一個。他朝那個方向走去，躲在稻草堆後邊。他聽到那邊傳來座鐘秒針一步一步行走的聲音。他知道那是勇哥和東哥將一捆捆稻草塞到鍘刀下邊，然後由強哥一刀刀鍘下來。就好像將一條又一條蛇、一條又一條黃鱔鍘成一截截小拇指。

安安覺得這聲音很好聽。

要是他也能鍘就好了。

很久以後，安安又什麼聲音也聽不到，他想他們是不是悄悄走掉了，可是他不敢轉到那邊去看。他也許得回家了，他真有些困倦了。正在這時，他聽到強哥的聲音在唱：開封有個包青天。

他輕聲哼：鐵面無私辨忠奸。勇哥果然就大聲唱了「鐵面無私辨忠奸」。安安的血一下活轉起來，自己好像多了很多氣力。他豎起耳朵聽，果然聽到他們在爭執誰該當包公。其實也不用爭吵的，強哥當就是了，可是強哥非要以理服人，說我皮膚黑，你皮膚黑嗎？東哥說不黑。強哥又說我肚子大，你肚子大嗎？東哥說不大。

強哥就說：你不就只能當馬漢嗎？

東哥不甘心地回應：喳。

強哥說：那好，王朝和馬漢聽令，帶犯人陳世美。

東哥和勇哥沒有聲音。

強哥又說：帶犯人陳世美。

勇哥和東哥腳步窸窣起來，接著又沒聲音了。這個時候安安在等待強哥一句話，這句話就好像是一塊糖，一個撫摸，一個及時的讚賞。他等了很久，幾乎就要放棄，才聽到強哥軟軟地把他說出來——唉，要是安安在就好了。

安安小碎步跑出來，拍拍衣袖，跪下磕頭，興奮地說：我是陳四美。

強哥一時噎住了，不過他很快恢復了開封府尹的尊嚴，他說「你應該說犯人陳世美到」，安安磕了一個頭，說：犯人陳四美到。

接著強哥拋出一根稻稈，裝作很洪鐘地喝：王朝！這邊勇哥就撲到地上撿起稻稈，說喳。強哥接著喝：馬漢！這邊東哥也撲到地上撿起稻稈，說喳。

強哥說：將犯人陳世美押上鍘台。

勇哥和東哥把安安拖到鍘刀下邊。安安看到陽光從遙遠的天空投射下來，投射到鍘刀的刃口，像在那裡塗抹了一層雪花。接著他的脖子靠在冰冷的鍘槽，發了癢，他就嘿嘿笑起來。他笑的時候整個牙齦露著，牙齦中央有兩顆沒長好的門牙。

笑什麼笑？勇哥和東哥一起按死安安，可是安安笑得更厲害了。

這時強哥邁著笨拙的八字步踱過來，他用鞋尖踢了踢木柄，用手指比畫了一下刃口，又拿嘴吹了吹手指。他對眼睛骨碌轉著的安安說：犯人陳世美聽好，開封府鍘刀有三種，第一種是龍頭鍘，為皇親國戚準備；第二種鍘是虎頭鍘，為文武大臣準備；第三種是狗頭鍘，為黎民百姓準備。你是當今皇上的駙馬，理當用龍頭鍘。

接著強哥又說：你可知罪？

安安嗤嗤笑起來。一邊勇哥和東哥按住他，說：你應該說犯人知罪。

犯人知罪。安安的眼神放著磷火一樣的光芒。

強哥這時彎過手腕，看了一眼不存在的手錶，說：午時已到，鍘。說完他走過去拿手搖了下木柄，刃口在安安的衣領處停止了，算是鍘過了。接著勇哥爬起來也走過去拿手搖了下木柄，刃口在安安的衣領處停止了，算是鍘過了；最後是東哥，東哥朝手心吐了口唾沫，對著鍘刀下的安安忐忑地望了一眼，安安說：等下輪到我了。

然後安安又開始笑，一直在笑，直到笑聲躥到天空中倏忽消失。

七歲的東哥把鍘刀完全壓下去了。安安的腦袋像一株稻草被完完整整切下來，血很久以後才從稻草深處一口口湧出來。而同為七歲的強哥和勇哥像被風颳著的錫紙，嘩嘩作響地站在原地，尿了褲子。他們既害怕看到那裡，又一直看著那裡。那個腦袋既沒有跳下去，也沒有滾下去，它就閉著眼待在鍘台上。

※附記：感謝方舟為我講述這個故事的雛形。

一個同學

一個同學

最終，父親帶領全家人從橫港鎮遷移至縣城。按照他的說法是鄉鎮教學質量不行。有一天，他看見鎮中數名教師扛著大竹子，騎車從柏油路馳過，便說：「上課時間出來販竹子，這不是誤人子弟嗎？」我因此轉學縣二中。

我在全家搬遷的路上望見一同升入初中的同學范如意。他全神貫注於書本，所看管的小牛遊蕩至公路，擋住貨車。司機按響喇叭，他抬起濕漉漉的頭，麻木而平靜地看我們，然後牽走牛，繼續背誦。他是不能被驚醒的癡人，據說一天只睡兩小時，理由是「死後自會長眠」。他無論走路、吃飯、如廁，都手持一本書背誦，因此得了神經衰弱，頭痛、頭昏、健忘，像漏斗，背好一篇，忘掉兩篇，因此又焦躁地從頭背起，形成惡性循環。初三第一年他距分數線只差幾分，第二年模擬考便只排全班中游。鎮上人說起來都搖頭歎息。范如意可是全縣第一個實現跳級的人，初一讀罷半年便跳入初三，當時學校舉行儀式，請來副縣長及市縣兩級教委主任。那領導們點到哪篇，范如意便背誦哪篇，有時題目還只點出一個字，他已搶先背出一段。他閉著眼，嘴唇像運行歡快的機器開開合合，將漢字一股腦排出，而我們一共九百名學生端坐在下邊，他背一頁，我們翻一頁，操場內便響起一片整齊的嘩響。當時趕來看熱鬧的有一兩千人，黃土場踩滿鞋印，及至儀式結束，還有一輛解放車載著十來人駛來，在他們鼓譟下，范如意又背誦圓周率，一直背到一千餘位。

「了不得，」地區教委主任站起來和副縣長握手，說：「盡一切財力物力，重點保護，重點培養。」人們只當范如意應付幾年，便做穩大學生，誰料不到一年中考便考砸。「可能是太緊張。」老師、家長，包括他自己都這麼看，但第二年專門為他測試三次，還是不行，放進班裡一起考，也早已泯然眾人。

一九九一年，我從縣二中初中升入高中，過去鎮中同學寫信來，說范如意落榜，總分不足兩百。據稱他看到成績，悲憤莫名，去找老師，老師也是悲傷莫名，一時僵直了。這悲傷很難形容，就像一個慈悲的師傅明知徒弟永無所成，或者一個慈悲的醫生明知病人死期不遠，他無法解釋，只能撫摸對方。范如意撣開他的手，惡狠狠地說：

「你說我還有沒有希望？明說。」

「沒有。」

范如意好像挨了一棍，說「好」，轉身就走。本是向東一里路便能走到的家，往西錯走兩三里才折返，老師騎著自行車跟了很久。及至進屋，他哭也哭不出，嚎也嚎不成，在床前猛然一挺，倒向床鋪。那父母便猛掐人中。老師說：「告訴他，他一定是有才的，只是讀書這條路暫時走不通。」後來范如意便做了農民，有時在路邊賣些瓜果、飲料，就像沉渣掉進太空，沒了音訊。

二〇〇一年，我已是縣公安局辦公室一名祕書，因為橫港派出所要創省人民滿意派出所，我被派去寫資料。故地重遊，不禁覺得時光騙人，過去以為高大的叔叔其實只有一米六，而那些幼時同學面孔醬黑，已然像中年人。只有范如意骨瘦如柴、膚質森白，像是披了一身死人皮。「他看人時眼睛就像棍子打著別人。」同是過去同學，如今在派出所當聯防隊員的聶新榮說。據說從某天起，范如意便白天睡覺，夜晚去山頂，獨自對太空靜思，然後掛一身露水歸來。

「他還是不食人間煙火？」我說。

「咳，哪有人不食的？」

聶新榮便講了一件事。一九九八年秋，鎮政府分來一位外地中專生，十七、八歲模樣，剛長好，嬌嫩欲滴，太陽照下就像照進一堆軟雪，稍一喘氣，便讓人想到底下那對軟乎乎的乳房。兼之舉止行雲流水，雙目顧盼生輝，便像戲本說的：「使人見了最易銷魂。」已婚未婚的都入魔，擠向宿舍門口，一會兒宣誓一會兒起鬨，不久都落得無趣。據說有十三種苛刻條件，男人要破，缺一不可。那范如意卻是一席話便打破堅壁清野。那話如何說，聶新榮卻是說不來，我便去遠景村找范如意。

那是一間破舊的屋，青磚黑瓦，門楣上貼著慘白的囍字，別家都裝了鋁合金窗，他們家還是玻璃，漏風處釘了薄膜。我進去時，他正在瓦數很低的燈泡下編篾筐，見著我，癡愣住，好一會兒才站起來，說「稀客稀客」，跑到灶間提了開水瓶來，就著溫水倒了一杯糖水。「可別就走，我正愁著，這麼多事沒一個人可說。」他說。

「稍等，我去上個廁所。」

我穿越灶間去尋時，發現他女人又乾又瘦，邋裡邋遢，被一條粗繩拴住一條腿，正坐在地上拋接小石子，玩一種遊戲。她望見我，眼睛放光，歡喜地笑起來，鼻孔下出了一掛鼻涕。我後來問，范如意指著腦袋說：「這裡有問題，又發病了。」

「你怎麼找她做老婆？」

「找的時候不犯病，快一年了才這樣，退不脫。當時還覺得漂亮。」然後他便不耐煩此，轉移話題，說：「你說我當初傻不傻？只知道背。語文、英語背背也就罷了，數理化也背。我背些公式也就罷了，連試卷也背。我背得辛苦，第一步怎麼解，第二步怎麼解，都背清楚了，心想試題都在心裡，考哪一題從腦子裡挑出來就是，卻是不知道，凡考過的題目斷然是不會再考的。我把自己背廢了。

「後來我才醒悟過來，可醒悟時已經晚了。我早應該知道背誦是死胡同，思考才是真功夫，才是通往真理、解決問題的捷徑。可惜我被自己的記憶力欺騙了，讓那毫無用處的知識填滿腦袋，連高中都考不上，成了一個對社會沒用的人。」

「也不能這麼說，考學校只是檢驗一個人的方式之一，它絕不是唯一。」

「你這麼說，我很高興。我也是想天無絕人之路，只要方法正確，世間未有不通之理。」他卻是要洋洋灑灑說下去，我打斷道：「鎮政府小韓是怎麼回事，聽說你一席話就改變了她。」

「呵！」他一拍腦袋，好像記起這事，先自樂了幾番，然後才講那事：

那時他在村裡兼做會計，一日忽然從鎮裡開來吉普車，是小韓陪領導下來檢查。他當時便中了蠱，小韓走到哪跟到哪，卻是不敢說話。待吃罷，她走到門口欣賞田野，他猶豫再三，還是走上前，像聖父那樣莊重地說：「人生貴在及時行樂。」

「怎麼講？」她說。

他本要逃遁，見對方沒惡意，便繼續搭訕：「你知道人最遠能望到多遠嗎？」

「一兩里，十里八里？重要嗎？」

「你可以看一下天空。」

她抬頭望。

「那白雲距離我們應該有一千六百公里。」他說。這時她眼裡有種東西意外地光明了，彷若洞察到奇蹟，他便接著說：「你還能看到，月亮距我們三十八萬四千公里，太陽是一億五千萬公里，而北極星則有三百二十四光年。光年你懂麼？」

「不懂。」

「光年是人類發明得最好的詞之一，它說的是時間，指的卻是距離。光在一年中所走的距離稱為一個光年，而光速為每秒三十萬公里，相當於一秒鐘從地球走到月球，你想想一年有多少秒，要走多少距離？而北極星要乘以三百二十四年。這就是你肉眼所能看到的。」

「這麼遠？」

「是啊。古詩說手可摘星辰，怎麼摘？我們看見的星星，其實只是它發出的光。目前人類探知的最遙遠的星，距地球一百多億光年。而在一百多億年前，宇宙才開始大爆炸，我們現在所見的，只是這顆星誕生時所發出的光。一些我們看見的星星，可能已經化為齏粉，已不存在，但是它發出的光仍在來到地球的途中。就像一個人死了，他的聲音還走在通往我們耳朵的路上。想起來多麼可怕啊！」

接著他說：

「你有沒有想過空間？你覺得空間有止境嗎？」

「應該有。」

「不可能有。比如這間村舍，它是有止境的，它七十多平方米，但你不會相信它是整個世界。在房屋之外還有草地和田野呢。地球也是有限的，但地球不是全部，地球外有大氣層。銀河系也不是，銀河系之外還有宇宙。宇宙之外呢，還有更大的宇宙。你很難想到一個盡頭，只要有一個物體存在，那包圍它的就絕不是虛無，而應該是更大的物。

「我們也從不是天地的主人，說到底我們不過是無窮大世界裡一顆微不足道的塵埃。我們的產生只是無數種偶然疊加的後果，這些偶然意外地帶來我們，同理，它們也會必然地帶走我們，就像帶走恐龍那樣。我們和恐龍一樣，連起碼的地震和海嘯都預測不了。你看，在地球上空，在我們所面對的無限大的空間裡，既有大量遵規守紀、和我們和平共處的物體，也有很多乖戾而不講道理的物體。在四十多億年的時間裡，它們像是不懂事的孩子，呼嘯著飛來飛去，不停威脅地球——它們確已多次和地球相撞，你所知道的眾多隕石，就來自那未知世界。隕石算小的，如果是小行星或彗核撞來，人類就要遭殃，就像恐龍曾經遭遇過的那樣。它們什麼時候撞，撞哪個部位，完全取決於它們毫無理性的運行。作為地球主人的我們，完全無能為力。

「下一個接替我們主人地位的也許是老鼠，也許是一種變異的新物種，也許連地球本身也消失了，它變成無數微小的石塊，游散在空中。我時常憂慮於那毀滅我們的物體就要來了。我每天待在山頂看，碰到天氣特別好，便會無比恐懼，我看到那遮蔽的雲彩全部消失，漫天都是赤裸裸的凶手。我從來沒想到在我們孤獨的家園之外，會擠著這麼多蠢蠢欲動、恬不知恥的物體。它們中的隨便哪一個，身形哪怕增大一毫米，我都會痙攣，這意味著它正以極快的速度，風馳電掣，朝我們奔來。我常說：但願這只是幻覺。實際也都是幻覺，我們所見的，其實還算平安，我害怕的是那些一時看不見的，它們像隱身人一樣悄然奔來已久，而我們對此毫無察覺！也許明早一覺醒來，在我們的視野上空，在那幾百公里的地方，就會有一顆直徑幾千公里的髒雪球俯衝過來。不是沒有可能！從來沒有人保證我們能擁有永恆，我們的命運就像毛主席說的，掃帚不到，灰塵照例不會自己跑掉。掃帚到了，我們肯定灰飛煙滅。」

說著，他將出了些汗的小韓帶到土岸旁，揭開一塊石頭。一群螞蟻四散逃竄。不過在意識到沒有進一步的危險後，牠們又跑回去，重新組成高效社會，有條不紊地運動起來。「你看，牠們現在安詳自在，過於自信，」說著他將牠們逐一踏為齏粉，「一秒鐘之後，牠們便滅絕了。牠們什麼時候滅絕，滅絕多少，完全取決於我，牠們預測不了，也計算不了。而我們在無窮宇宙裡的位置，和一隻螞蟻沒有任何區別。我們和螞蟻的質量，同無限的宇宙相比，都接近於零。我們的智慧也不比螞蟻高多少。」

這十七、八歲的姑娘腦子簡單，一時被洶湧而下的知識震懾住，像冰稜僵立。「這本是古已有之的認識，人生重在及時行樂。」范如意強調道。

「那麼，她跟你了？」我朝灶間望了望。

「怎麼可能？手都沒摸到。她當晚便和縣城來的有錢人睡了。而且我覺得她可能更相信千禧年世界末日的傳說，她的智慧也就到那一步。」

「你豈不是很遺憾？」

「是有點，但從某種意義上說，我已經得到她。」

「怎麼講？」

「因為存在這種概率。」

「什麼概率？」

「就是無窮大所提供出來的概率。這樣講起來會很複雜。我打個比方，如果只有一萬平方公里，那麼一個村落是特殊的；但如果是一百萬平方公里，那麼就會出現一個和它大致類似的村落，它們所依靠的山的高度，所面對的河的寬度，所占有的稻田的面積，所居住的人口的數目就會差不多；而如果是處在一萬萬平方公里，那麼很可能會出現兩個非常接近的村莊，每家每戶的財產是多少，生多少兒子，兒子們長什麼樣，都可能相同；而假如空間是無限的，那麼就會出現至少兩個完全一樣的村莊。當我們認識到空間沒有邊界時，就應該認識到它存在物體相同的概率。在無窮大的空間，絕非存在一個地球，而是存在無數地球；在無數地球中，又存在無數發展過程完全一致的地球；在這些相同的地球裡，同樣存在著無數發展過程完全一致的人類；在這些相同的人類裡，又存在無數相同的我。你不要覺得玄乎，只要想想無窮大三個字，便知道一切都存在可能性。而這無數個相同的我，又會分裂出無數個不同的我。

就像小徑分叉。有的走上東邊的路，有的走上西邊，最終得到的結果完全不同。在這個地球上，我和小韓緣慳一面，而在別的地球，她倒向我的懷抱。

「但這只是自慰。因為這種相同，就像在寬闊海洋裡存在兩棵完全一樣的水草，它們遙遙相處，彼此孤獨，對整個世界來說無足輕重。我們不能占有所有的我，不能占有所有的機遇，我們每做出一個選擇，都意味著被迫殺滅其他可能性。無窮大對我們而言沒有任何意義。這也就是我們為什麼猶豫而痛苦的原因。我們註定只能選擇一種，而這種選擇所帶來的，註定不幸。無論出現什麼結果，都註定不幸。因為——」

這時他顯得分外悽惶：

「因為總是有更好的。從相對的角度來說，我們所選擇的永遠是更壞的。我們可以看到比我們選擇的還要壞的，但也只是五十步笑百步。我們每一步選擇所收穫的都是苦果，我們永遠活在遺憾中。活著沒有意義。」

「知足常樂不就好了？」我說。

「不。」

「你無視它，它便奈何不了你，你總是想它，當然悲哀。」

「不。你完全不懂。你從未像我這樣經受侮辱與損害，從未刻骨銘心，從未痛苦，甚至連一滴淚也不曾流過。你還不知道這屬於人類的痛苦，而我代表的正是人類。你渾渾噩噩，不像我早已看破，每日只想幻化為石頭，躺在山頂，既不選擇人，也不讓人選擇，既不選擇世界，也不讓世界選擇。不過，你遲早會明白的，只要你想到一個字，死，你就會明白。選擇除開醜陋，而且毫無意義。活著就是感受傷害，除此之外別無其他。那浩瀚的宇宙、蔓延的星雲、無盡的可能性，和我們都沒有關係，我們只占弱水一瓢，飲盡便化為枯骨。我們死時，地球上的人還在載歌載舞，那散落在多重宇宙裡的無數個我也在載歌載舞。我們成為永恆的沉默的一部分，再無翻身之日，就像我們的任何祖先那樣。」

他爭過此理，又長歎道：「我們都是有限的。」接下去他說：「我曾在山頂等待來自外太空的信號，就像封閉自足的土著在海邊等待異族的船隻一樣。我想既然我們已屢次向外太空發射信號，那麼外星人也一定會向我們這邊發射。」

「你依靠什麼接收信號？」

「收音機。」

「收音機？」

「是啊，收音機。」

「那收到過沒有？」

他搖搖頭，說：「條件簡陋，基本不自量力。而且後來我也覺得，即使目前的人類窮盡智慧，建立最發達的接收設備，也不見得能接收到。信號是微弱的，稍縱即逝，當它平安到達目的地時，可能是兩萬年以後。沒有人會一年四季來監測這種信號，它可能經過那些人，永遠地跑掉。而且，即使能接收到，也可能變成無解的密碼。就是我們人類自己，現在也很難辨識最初的文字，何況在遙遠的未來？和外星人比，我們的智力可能非常優越，也可能非常低劣。我們和他們是雞同鴨講，純屬做無用功。

「一度我也覺得時間旅行是存在的。我盼望著回到過去，這樣便可以對過去進行修改。但後來我發現這是悖論，一個由A生長成的人，我們叫他$^{+}$A，他回去修改A，使A變成B，以後在未來出現的一定是$^{+}$B。那麼這個$^{+}$A便被架空了。又比如電影中那個著名的例子，一個人回到過去，阻止父母相愛，他們不能相愛，就不能生育他，那麼他也就被架空了。而且，假使有時間逆行的可能性，那麼我們今天為什麼連一個未來的人都沒看到？為什麼在歷史上也沒有相關記載？」

「人類的科技還沒發展到那一步，發展到時一定會有人回來。」

「不。我跟你說，我們的生命是有限的，死了也便死了，就像清朝人明朝人那樣。

等到未來的人掌握回來的技術，並且回來，我們還能活過來去迎接他們嗎？這可能嗎？所以說，若是存在這種奇蹟，我們就一定能看見。我們不能看見，請問他們都回到哪裡去了？」

「也許等到我們人類即將擁有這項技術時，地球已毀滅了。」

「不，如果存在時間逆行的可能性，外星球上的人也一定會回到這兒。但是沒有。根據愛因斯坦的學說，當人類以接近光速的速度運動時，時間會放慢。比如一個人搭乘飛船去質量巨大的黑洞附近旅行一年，在這期間，地球可能已過去一百年。那麼他返回地球時就是進入未來，他的孫子將比他衰老。但這不是時間旅行，而僅僅只能說是一種養生。就像醫生讓人昏睡，延緩他器官的衰竭，那麼當他醒來時，他會發現自己比別人年輕。我認為時間旅行的原則是：存在兩個自己。如果一個人去往未來能看見另一個自己，那麼我承認它是時間旅行，如果始終只有一個自己，那麼它便是魔術。」

「嗯。」

「而且我覺得時間不存在。」

「怎麼講？」

「你不覺得時間只是人類發明的詞彙嗎？它和原子、中子不一樣，它是抽象的，你能盛載它嗎？你能找到一抽屜的時間、一釐米的時間或者一屋子的時間嗎？世間萬物都可以度量，連電磁波都可以，但是時間不可以，因為時間非物。從地理上說，我們可以從東邊去西邊，再從西邊回東邊，可以任意旅行，但我們不能從過往去未來，或者從未來去過往，因為我們既沒有起飛的支點，也沒有著陸的目標。我們說時間永恆存在，也可以說它從不存在，同時也可以說它時刻存在、時刻死亡。我們都是在用空間的思維去感知它，從來如此，比如它是一枚枚快速燃燒、瞬間熄滅的箭頭。這符合我的想像。我們對現在的感受是最清楚的，現在充滿光芒，但只要現在一過去，它馬上就變成黑洞，未來也如此，未來在尚未到來之前，也一定是暗不見底的深淵。我老覺得時間就是卡拉ＯＫ下方出現的字幕，有一道短促的光跟著旋律移動，提醒你該唱哪個字。這道光就是現在。它經過的全部變成黑暗，尚未到達的也是黑暗。記住，只有現在看起來是有光的，是能附著在空間上稍微感知的。你說，我們人類怎麼進行時間旅行？倘若我們能回，應該回到哪一段黑暗？回到哪一分鐘的黑暗？哪一秒的黑暗？哪二分之一秒或四分之一秒的黑暗？」

「不知道。」

「哪裡也回不去。因為連分鐘和秒這樣的概念都不存在。」

「不懂。」

「我們對時間擁有的一切概念，比如遼闊、短促、浩瀚、扭曲，都是以空間的思維進行的。而時間本身並不認同，時間從本質上說是空的。」

接下來他說：「有次，我做了一個夢，不知為何從隊伍中掉下去，落後人類一秒。也就是說，我落後現在一秒。那可能是我做過的最恐怖的夢了，我看見剛才還在的你們全部消失，視野之內（上下左右），全是又深又遠的虛空。我經過了一層蒼穹，又經過一層，一直在無窮大裡徒勞地飛——那裡既沒有萬有引力，也沒有任何可以感召我的物質。我試圖從這虛空中找到出口，因此慢慢幻視出無數管道，那管道每個都有幾十里長，我一個個爬進去試探，看你們是不是在那邊。我經常遊到一小半便撤出來，因為毫無希望。而就在轉身時，又覺得，假使唯一的你們恰在那頭，我豈不是永遠錯過了？我就這樣像在浩瀚的沙漠中轉圈，最終精神崩潰。後來我瞎掉了，像一片樹葉在空中漫無目的地飄，許久才聽到一陣回聲。那是你們在山谷裡喊，范如意你在哪裡？你們的喊聲撞到大山，產生回音，讓遲到一秒的我聽見。我熱淚盈眶地遊過去，回應道：我在這裡！可你們永遠聽不見一個人從未來黑洞裡發出的呼喊。」

這時他似乎是在賣弄當初的驚懼，搖頭晃腦，張牙舞爪。我起身說：「我得走了，那邊所長還要找我吃飯呢。」他哆嗦了一下，還要講，見我已拿起包，便說：「那些所長、鄉長、縣長、聯合國祕書長，算個鳥啊。」

二〇一一年元旦，我已在北京混跡六年，剛要從網站跳槽去一家雜誌社。多年前我辭掉了在縣城的工作，自由自在地生活了很久，早已將自己視為江湖人。可總還是會有故鄉熟人打來電話，說：「猜猜，猜猜我現在在哪裡？」

「北京。」我冷靜地說。我知道往下我將要請他們吃飯、替他們導遊。我還知道他們會表揚我出門打工的勇氣，並在心裡說這是個傻瓜，蠢到連公務員的工作都不要。有時我會厭惡地撒謊：我在外地出差呢。

元旦假期將盡時，又有操家鄉口音的人來電：「是艾國柱嗎？」

「是。」

然後那邊出現一陣羞於啟齒的沉默，很久才說了：

「有件事不知當說不當說。」

「你說。」

「要是你沒有，就當我沒說。」

「你說。」

「我是范如意。」

「我知道。」

「難得啊，這麼多年你還記著我。」

「我跟你說，我每月要還月供，沒幾個子了。」

「只要一點點。」

他彷彿輕鬆起來，又說：「我是用公用電話打的，我在北京回不去呢。」我雖煩躁，還是去了西客站。他穿著簡陋而乾淨的西服，正靠在電話亭裡瑟瑟發抖，我便帶他去買火車票。買罷，看時光尚早，索性又請他吃了拉麵。他連湯帶麵快速灌下去一碗，見我沒有吃意，又將我那份也吃了。我說：「你來北京幹嘛？」

「參加亞太宇宙學科研大會。」

「什麼？」

「騙子大會。」

他接著說：「我接到書面通知時，不敢相信，我何德何能，能與那麼多院士、專家、博士生導師一同列席會議。因此我打電話給他們，他們說得乾脆利落，就是通知您啊，您的文章我們提交評委閱讀，評委很振奮，親自定您來的，車船費我們報。我便找到那文章重讀，讀一句，疑自己一次，卻是讀完時，忽然沉浸在自己當初寫作時那輝煌的激情了，禁不住淚流滿面，誰說世道不公，奈何黃鐘長棄的？」

他這樣說時嘴角掛著輕蔑，就像嘲笑的不是自己，而是別人。「我出門前想到破釜沉舟這個詞，心想馬上就要成名，何苦算計退路。因此砸鍋賣鐵，傾盡所有，連請了幾桌客，買飛機票便來北京了。這可是我頭一回坐飛機。那飛機飛到一半，停了，我看窗外，都是棉花一樣的雲朵，無邊無際。我就想，這是地球外的景象，在地球外，確有可能存在芝諾❶所說的道理，即你要達到某個目的地，必先到達它的二分之一、四分之一、八分之一、十六分之一……如此細分，你將無限接近靜止。可是不久機身便顛簸起來，我才知道自己剛才掉入的只是幻覺。」

「你出席大會了？」

「沒有。負責接待的倒是熱忱，給我看會議資料，介紹酒店情況，講了四、五分鐘，忽然就圖窮匕見，說這一切，包括講演、討論、頒獎、文章發表等等，需要繳納一定的活動經費。他們說，這也是為了維持這偉大而清寒的事業運轉。」

「你交了？」

「我哪裡有錢？最便宜的也要交一萬元，我以為自己從此登堂入室，為國家所包養，身上只給自己留了幾十元，哪曾想便是入個門也要上萬。我說我是業餘搞科研搞哲學的，謀生不及，哪來的閒錢。他們說我謙虛，後來見我實在沒錢，便找保安將我請走了。」

「這樣啊。」

「是啊，人世可惡，害我要找你借錢。」

「算了，一兩百塊的事情。」

我想他這麼冤枉來一趟，幾個積蓄都弄光了，便好心勸撫，叵耐他跟著我客套地罵幾句宇宙學科研大會，便眼露精光，講新發現了：

「你想，在大爆炸剛開始的0.000,000,000,000,000,000,000,000,000,000,000,000,000,000,1秒內，宇宙還只有豌豆那麼大，但僅僅到達第0.000,000,000,000,000,000,000,000,000,000,000,000,01秒，它便已膨脹至直徑達幾百億光年的規模。至第九十億年，地球形成，然後又過去四十七億年，人類出現。人類又在十九世紀和二十世紀分別發明炸

❶Zeno of Elea，古希臘數學家，約公元前四六四至前四六一年提出一系列關於運動的不可分性的哲學悖論。

藥和核武器。炸藥可以摧毀比它大幾百幾千倍的物體，而一千克鈾裂變釋放的能量比一千克炸藥爆炸所釋放的能量又要大兩千萬倍。核武器帶來高溫和強輻射，在摧毀舊世界的同時，註定創造新世界。我想，人類智慧是呈遞進式發展的，終有一天，我們也能通過一粒比豌豆小得多的物質，製造出直徑幾百億光年的宇宙。那時的我們便是上帝，我們說要有光，於是便有了光。這種可能性是存在的。」

「這樣？」

「是啊，過去我看《聖經》，說上帝照自己模樣造了人。我只道騙人，現在卻覺得有理。人類若是能夠製造宇宙，便一定能製造陽光、空氣和水，以及像他們一樣的人類。」

「你的意思是存在上帝？」

「是。人是怎麼來的？是上帝照自己模樣造出來的；而上帝是怎麼來的？是人照自己模樣揣測出來的。我很想說：他們揣測對了。在很遠的地方，可能真的存在著一位上帝，他創造了如今的宇宙和如今的我們。他可能一直看著我們，也可能早死了，他的壽命恐難勝任他所創造的奇蹟。就像共產主義的設計人馬克思看不見蘇維埃革命。」

後來他擠硬座車廂回簡陋的鄉下去了，直至今日也沒給我匯款來。國慶節時，我攜英國女友回鄉，很是風光了幾日，偶遇在縣城開超市的聶新榮，才聽說范如意失蹤了。大概是五月吧，他沒再回到遠景村家裡，若不是岳父尋來，他那被拴住腿腳的妻子怕是要餓死了。村長發動上百人沿馬路去找，最終找到山崗，發現那裡有一件垮塌的帳篷、一只斑駁的衛星接收碟（鍋內有幾根燒黑的細枝條）、幾本鎮圖書室的書、幾堆乾硬的糞便以及一張由石塊壓著的白紙。上邊用鉛筆寫著一個單詞：

MUST

年輕人認識這個單詞，但講不出意思。眾人只道他受夠人間淒苦，去寺廟出家、去遠方流浪，或者去山谷自殺了。不久聽說山上找到屍骨，遠景村的人去看，判斷屍主應該是一位矮小的女性。眾人由此偃旗息鼓。我想，他可能像高更那樣，離開工作和家庭，離開這將人弄得越來越平庸的世俗，義無反顧地找尋真理去了。而且我覺得他應該是躺在山頂，以地球為零的起點，擺脫萬有引力，一步步走向永恆而沉默的太空了。

【人物印象】

老男孩阿乙

黃崇凱（小說家）

第一次聽說「阿乙」這個名字，是從大陸小說家格非那裡。二〇一一年格非到台灣開會，恰好有機會跟他聊起中國大陸純文學的現況。中間他到咖啡店外頭抽菸，我陪著他繼續聊，問到中國目前有哪些值得期待的年輕作家，格非提起了阿乙。當時聽完只是先存檔在腦子裡，也沒立刻著手瞭解此人是何方神聖。

偶有想起時，就到網路上搜搜關於他的資料，看看他有哪些作品，也在網路上訂購了他的第二本小說集《鳥看見我了》。這本小說集出版於二〇一〇年，封面有詩人北島大好評推薦，相當搶眼。打開書，光看折口作者簡介就讓我產生許多聯想：

阿乙，本名艾國柱，一九七六年生於江西。（OS：跟那些暢銷的八〇後作家相比，怎麼都不算年輕了。）

做過警察、祕書、編輯。（OS：當過警察是否比較會寫凶殺案或推理小說呢？）

出版有小說集《灰故事》。（OS：對比那些我尊敬的中國小說家們，這個產量似乎太低了。）

有作品發表於《今天》、《人民文學》、《文學界》。（OS：都發表在很有水準的刊物上。）

聯想歸聯想，可能是簡體字的湛藍色印刷字體看不習慣，我隨意翻了幾頁就將書擺回書架。二〇一二年初，我任職的《聯合文學》雜誌正在策劃「二十位四十歲以下值得期待的華文小說家」專輯，好些大陸編輯朋友都向我推薦阿乙。我才將那本堆在書櫃深處許久的藍色封皮小說集打開，打算讀一頁算一頁地讀過去。我並不那麼有耐性，可以讀上同作者連續十個短篇而不覺得胃口過膩，可書中這十個短篇一篇篇讀過去，卻讓我有如長長的火車輾過整具身軀，服服貼貼。這些作品讓我回想起初讀余華小說時的興奮感——節制、簡省，但後座力十足。我又上網到處搜尋他的相關資訊，赫然發現他剛有新作《下面，我該幹些什麼》出版，可是在台灣一時買不到，網路上也找不到馬上可以訂購的店家。經過交叉比對好些資料，才知道原來這是最初全文發表在《今天》季刊上的小長篇〈貓和老鼠〉。但就連《今天》過刊都不是很好找，最終讓我在三民書局的雜誌櫃角落找到僅存的一本，我有如貓撲向老鼠那樣抓住《今天》。

後來聯繫雜誌專輯事務、邀稿，漸漸在電郵裡跟他多聊了幾句。秋天剛好有個機會到北京拜訪朋友，就約了到時碰面。真正碰面的時候，輕裝斜揹書包的阿乙踩著人字拖出現，張口竟然叫我「黃老師」，我一時緊張地直說叫名字就好、叫名字就好。那趟去北京，帶了些台版書刊給他（詩集、小說到運動雜誌都有），他也從書包裡掏出一疊自己的作品回敬。

之後一票人要移動到另一處吃中餐，我們邊走邊聊。很自然聊到在北京看到的種種，比如書店越來越少，交通越來越糟，計程車越來越難搭之類的閒話。果然因為計程車太難搭的緣故，我們得一前一後分招兩輛車，我又跟他同車。接著聊到了寫作的事。他說他這兩天特別焦躁和悲傷，因為正在寫的小說卡住了，而且常常覺得自己寫的都是低檔次的爛作品。我問他現在寫什麼樣的內容，他就開始說起故事。一樣是他擅長的小鎮故事，寫一個在棺材裡死而復生的人。那時的阿乙看起來不像大我五歲的成年人，反而比較像是只有五歲的男孩——我猜想只有像他這樣全心全力在小說之路奔跑的小說家，講起自己正在寫的故事，眼神會特別專注而認真，而這其中令人由衷感到那種可貴的書寫純粹性，就像個孩子。

好不容易抵達吃飯的餐廳，光見大廳一窩人在等候，就知道還得等上一段時間。又跟阿乙隨口聊起某些個大陸七〇後作家的作品。他說有些小說光是看它用了很多省略號（刪節號）就知道不太行，他伸出食指打了個「×」。過一會話頭中斷，兩人都暫時沒話說。多半時候寡言的阿乙，突然從書包掏出我才送出的小說，拿起手機拍書，打算上傳到微博跟朋友們分享，不一會，他說：「這款諾基亞老是死機。」他收起手機，我們繼續維持沉默。隨即他又拿出一本暗紅布面精裝小說翻看，說想學習這小說的寫法。我看那書被翻得破破爛爛，書脊甚至有些裂痕，裡面畫了一槓槓螢光綠色和底線，寫了許多小字眉批，那是福克納的長篇小說《押沙龍，押沙龍！》。

我知道有些小說家會讀很多小說但不太做筆記，甚至也不在乎有沒有讀完，他們要的是某種可以刺激自己創作的燃料。因此阿乙那種意圖拆解小說寫法，想直接把小說後台的構成全部弄清楚的偏執，簡直讓我肅然起敬。我又問他，寫小說遇到瓶頸時，有沒有人可以聊。他立馬說沒有。他一般不太跟人家聊正在寫的小說，他不要讓自己太容易去求救，而是要讓自己逼出東西來。於是我才瞭解，原來他那些滿布著粗礪、堅實質地的小說，都是這麼硬橋硬馬寫出來的。

那幾天在北京，我很快把他當時出版不久的自傳性小說《模範青年》讀完：簡單的結構、簡潔的文字、直白的語言，卻隱含著荒謬弔詭又無所不在的宿命嘲諷。或許阿乙討厭用很多刪節號的小說有其原因——他從來不閃躲，像個總是直面向前揮擊的拳手。

可能也正是需要這樣勇猛精進的小說家，才有機會將華文小說的邊界再推得更遠一點。

國家圖書館預行編目資料

模範青年／阿乙著
--初版.--臺北市：寶瓶文化, 2013.02
面；　公分.--(Island；193)

ISBN 978-986-5896-14-0（平裝）

857.7　　　　101027644

island 193

模範青年

作者／阿乙

發行人／張寶琴
社長兼總編輯／朱亞君
主編／張純玲・簡伊玲
編輯／禹鐘月・賴逸娟
美術主編／林慧雯
校對／禹鐘月・呂佳真・陳佩伶・阿乙
企劃副理／蘇靜玲
業務經理／盧金城
財務主任／歐素琪　業務助理／林裕翔
出版者／寶瓶文化事業有限公司
地址／台北市110信義區基隆路一段180號8樓
電話／(02)27494988　傳真／(02)27495072
郵政劃撥／19446403　寶瓶文化事業有限公司
印刷廠／世和印製企業有限公司
總經銷／大和書報圖書股份有限公司　電話／(02)89902588
地址／新北市五股工業區五工五路2號　傳真／(02)22997900
E-mail／aquarius@udngroup.com

著作完成日期／二〇一二年八月
初版一刷日期／二〇一三年二月四日

ISBN／978-986-5896-14-0
定價／三〇〇元

AQUARIUS 寶瓶 文化事業

愛書人卡

感謝您熱心的為我們填寫，
對您的意見，我們會認真的加以參考，
希望寶瓶文化推出的每一本書，都能得到您的肯定與永遠的支持。

系列：Island193　　書名：模範青年

1. 姓名：__________　性別：□男　□女

2. 生日：_____年_____月_____日

3. 教育程度：□大學以上　□大學　□專科　□高中、高職　□高中職以下

4. 職業：__________

5. 聯絡地址：______________________________

聯絡電話：__________　手機：__________

6. E-mail信箱：______________________________

□同意　□不同意　免費獲得寶瓶文化叢書訊息

7. 購買日期：_____年_____月_____日

8. 您得知本書的管道：□報紙／雜誌　□電視／電台　□親友介紹　□逛書店　□網路　□傳單／海報　□廣告　□其他

9. 您在哪裡買到本書：□書店，店名__________　□劃撥　□現場活動　□贈書　□網路購書，網站名稱：__________　□其他__________

10. 對本書的建議：（請填代號　1. 滿意　2. 尚可　3. 再改進，請提供意見）

內容：__________

封面：__________

編排：__________

其他：__________

綜合意見：______________________________

11. 希望我們未來出版哪一類的書籍：______________________________

讓文字與書寫的聲音大鳴大放

寶瓶文化事業有限公司

（請沿此虛線剪下）

廣　告　回　函
北區郵政管理局登記
證北台字15345號
免貼郵票

寶瓶文化事業有限公司　收
110台北市信義區基隆路一段180號8樓
8F,180 KEELUNG RD.,SEC.1,
TAIPEI.(110)TAIWAN R.O.C.

（請沿虛線對折後寄回，謝謝）